集英社オレンジ文庫

憎まれない男

～警視庁特殊能力係～

愁堂れな

本書は書き下ろしです。

憎まれない男

警視庁特殊能力係

NIKUMARENAI OTOKO

Rena Shuhdoh

1

「まったく、上は何を考えてるんでしょうね」

いつものように、警視庁の地下二階にある『特殊能力係』に入り浸っている小池柊二《こいけしゅうじ》が憤《いきどお》った声を上げる。いかつい熊のような体型をしているが、心根は実に優しい彼は捜査一課三係所属で当事者ではないのだが、こうも怒りを覚えてくれているのはありがたい、と、麻生瞬《あそうしゅん》は感謝の眼差《まなざ》しを彼へと向けた。

「徳永《とくなが》さんと同じく、捜査一課長も相当反対したんですが、聞き入れてもらえなかったそうです。だいたい、ふざけてますよ。例の不祥事《ふしょうじ》から世間の目を余所《よそ》に向けさせたいってだけですよね、この『特殊能力係』に関するマスコミ発表は」

憤り続けている小池に対し、特殊能力係長である徳永潤一郎《じゅんいちろう》が、淡々とした口調で言葉をかける。

「怒ってくれるのはありがたいが、こんなところで油を売っていていいのか？」

縁無し眼鏡《めがね》の奥の切れ長の瞳がクールな印象を醸《かも》し出す。しかし見当たり捜査に対しては誰より熱い情熱をもって当たっている上司を、瞬は心から尊敬している。さきほどから話題になっている『特殊能力係』は徳永と二年目の瞬、二人きりのチームだった。

「あ、しまった。七時から捜査会議が入ってたんだった。すみません、失礼します！」

徳永の指摘を受け、慌てた様子で小池が部屋を飛び出していく。やれやれというような顔で彼を見送っていた徳永に瞬は、実際のところどう感じているのかを知りたくなり問い掛けた。

「徳永さんは、どう思います？　これから仕事がしづらくなるんじゃないかと、それが心配なんですが……」

「確かにな。しかしもう、すんでしまったことをあれこれ言っても仕方がないからな」

答える徳永の眉間《みけん》にはくっきりと縦皺《たてじわ》が寄っている。それも当然だよなと、改めて瞬は一連の出来事に思いを馳《は》せていた。

先月、警視庁の刑事部長の不祥事が発覚し、大騒動となった。暴力団と癒着《ゆちゃく》し、彼らに便宜《べんぎ》を図る代償として私腹を肥《こ》やしていた事実が、当該《とうがい》の暴力団組長の逮捕と共に明るみに出た。週刊誌にすっぱ抜かれたのである。

世論が隠蔽《いんぺい》を許さず、刑事部長は懲戒免職《ちょうかいめんしょく》となった上で逮捕もされた。組長が逮捕されたきっかけが大陸マフィアとの大量の覚醒剤《かくせいざい》取引であり、それに刑事部長の関与が認められたのだった。

警察の威信は地に墜《お》ちたといってよく、バッシングの報道は映像メディアでも新聞や週刊誌でも連日なされていた。そんな中、新しく就任した刑事部長が警視庁のイメージアップを画策し、このところ抜群《ばつぐん》の逮捕者数を誇っている『特殊能力係』の存在を世間にアピールすると言い出したのだが、まさに今日、そのニュース番組が放映されたのである。

捜査一課内に『特殊能力係』が設置されたのは四年前。通常の捜査ではなく、何百人もいる指名手配犯の顔を覚え込み、市井《しせい》で張り込んで見つけ出す、いわゆる『見当たり捜査』に特化した係で、この一年の間にめざましい活躍を見せた、というのが、ニュースの中で組まれた特集の内容だった。

顔や声は加工するので、是非《ぜひ》、見当たり捜査官のインタビューをと、テレビ局は求めてきたが、捜査一課長が断固として断ってくれたおかげで実現せずにすんだ。取材は結局、刑事部長一人が受け、彼のみがメディアに露出することとなったのだが、異動してきたばかりで何も知らないくせにと、捜査一課では密かなブーイングが起こっていると、本人も非常に憤っている小池が伝えにきたのだった。

「『特殊能力係』の存在は世間に知られることにはなったが、我々の顔も名前も公表はされなかった。今後の捜査に影響が出るかどうかは我々次第と思うことにしよう」

徳永が抑えた溜め息を漏《も》らしつつ、そう告げたことで、瞬は我に返って彼を見た。既に眉間の縦皺は解かれており、気持ちの切り替えがすんでいることが窺《うかが》える。

さすがだと感心してしまいながらも、自分もこの誰より尊敬している上司に倣《なら》うのだと瞬は、

「はい！」

と元気よく返事をし、明日からの見当たり捜査も、気を取り直して頑張ろうと拳を握り締めたのだった。


その後、徳永が捜査一課長に呼び出されたこともあって、彼と飲みに行きたいと願っていた瞬は諦め、一人帰宅した。

「ちょっと、瞬、観たよ、夕方のニュース。あれ、大丈夫なのか？」

家で彼を迎えたのは、居候《いそうろう》にして親友の佐生正史《さそうせいし》だった。ミステリー小説家の卵で、私大医学部に通っている。ちなみに瞬の両親は、父親のインドネシアへの駐在に母が帯同

し、不在である。きょうだいもいないので、実家で一人暮らしをしていたところに佐生が転がり込んできたのだった。

瞬の『特殊能力』のことを知っている彼には、見当たり捜査専門の部署にいることも話しているため、心配してくれたものと思われる。

「だいたいさ、見当たり捜査って、していることを気づかれないようにするもんじゃないの？　それを、今、警察は見当たり捜査に力入れてますってさあ。指名手配犯、全員気をつけるようになっちゃうんじゃない？」

「……だよな」

佐生の言うとおりだ。気を取り直したはずの瞬だが、すっかり愚痴《ぐち》モードになってしまった。

「新しい刑事部長の発案なんだよ」

「ああ、あの、テレビ出てた人？　あ、わかった。前の刑事部長がやらかしたから、警視庁のイメージアップを計ったとか、そういうこと？」

「なんでわかるんだ？」

凄《すご》いな、と感心する瞬を前に、佐生が得意げな顔になる。

「ま、小説家ですから。これでも」

「そういやまた新作が雑誌に掲載されるんだよな。いつだっけ？」

前に掲載された短編がなかなか好評だったとのことで、連作の掲載が決まったと喜んでいたのを瞬は思い出し問うたのだが、途端に佐生の表情が暗くなり、口からは大きな溜め息が漏れた。

「それがもう……悲惨《ひさん》なんだよ。嘉納《かのう》さんから鬼のような改稿指示がきてさ……」

「大変なんだな……」

がっくりと肩を落とす様子からどれだけ苦労しているかがわかり、慰めようとする。が、佐生はすぐに顔を上げると、

「それより、見当たり捜査だよ！」

と話を戻し、矢継《やつ》ぎ早《ばや》に瞬に問いを発してきた。

「これから取材とか、くるんじゃないのか？　もう来たのか？　瞬の能力のこと、結構匂《にお》わせてただろう？　凄く記憶力がいい人間が担当してるとかなんとか……。あれ、ほんとに大丈夫？」

「言われてたよな……」

見ていてはらはらしてしまったと、瞬もまた溜め息をつく。

『瞬の能力』というのは、彼の記憶力のことだった。瞬は一度見た人間の顔は、それが人

間であれば忘れないという、まさに『特殊』な能力の持ち主なのである。何年前であっても、そしてたった一度きりでも、見た顔であればいつどこで見たのかを思い出すことができる。生まれたときからそうであるので、皆も同じかと瞬は思っていたのだが、念願の刑事になり特殊能力係に配属されたとき、それがいかに珍しい能力であるかを初めて自覚することとなった。

「一応、名前とか、あと、二年目の若手とかまでは言ってなかったから、大丈夫だろうと徳永さんは言ってたけど」

「マスコミ的にはおいしいネタっぽいだけに心配だよ。あのあと、ネットをチェックしたんだけど、世間的に結構興味持たれてるみたいだったし」

「そうなのか？」

世間の評判のチェックまではしていなかった、と問い返す瞬に佐生は「ああ」と頷《うなず》き、言葉を続ける。

「俺がミステリー好きだからっていうのを差し引いても、何百人もの指名手配犯の顔を覚えるとか、迷宮入りしかけている事件の犯人を逮捕するとか、ドラマチック過ぎるじゃん。十年以上前に指名手配された犯人を逮捕した、とかも言ってたし。これから俄然《がぜん》、注目浴びると思うんだよな。『特殊能力係』」

　佐生の発言はいちいちもっともで、もう溜め息しか出てこない、と瞬はがっくりと肩を落とした。それを見てフォローせねばと思ったらしい佐生が、明らかに作った笑みを浮かべ声をかけてくる。

「で、でもさ。いくら取材が殺到したからって、警視庁は受けないでしょ。それに反響が大きかったら逆に、隠すほうに方針が変わるんじゃないか？」

「……だといいんだけど」

「人の噂《うわさ》も七十五日っていうし、現代人の興味はあっという間に余所《よそ》に移るし、大丈夫だよ。うん、きっと。気にするな」

　佐生自身、根拠を持っていないであろう『大丈夫』は、瞬に少しも安堵《あんど》を与えなかった。が、気を遣わせては悪いとの配慮《はいりょ》から、これ以上、この件は引《ひ》き摺《ず》るのをやめようと心を決める。

「ありがとう。まあ、なるようにしかならないからな」

　そう。なるようにしかならない。顔バレしているわけではないから、これまでと同じく見当たり捜査をするだけだ。いや、『これまでと同じく』ではなく、『今まで以上に注意を払って』か、と自分に言い聞かせていた瞬への気遣いからだろう、佐生が、

「ま、今日は飲もうよ」

と笑顔を向けてくる。

「叔母《おば》さんが、百貨店でイタリア展をやってたからって、スパークリングワインとサラミを持ってきてくれたんだ。なんだっけな。プロセッコ？　叔母さんのお勧めだって。冷やしてあるから早速飲もうぜ」

「いつも貰《もら》うばっかりで申し訳ないな。そもそも、叔母さんも一緒に飲みたかったんじゃないか？　それ」

「自分が飲みたいときはまた持ってきてくれるよ」

あまりに図々《ずうずう》しいことを言う佐生に呆《あき》れつつも、これもすべて自分の気持ちを盛り上げるためにしてくれているのだとわかるだけに、感謝する。しかし悟られれば倍、気を遣われることもわかるので、気づかないふりを貫くと瞬は、

「とにかく飲もう」

と言う佐生に付き合い、その夜は随分《ずいぶん》と遅くまで二人してグラスを重ねてしまったのだった。

翌朝、二日酔いの重い頭とむかつく胃を抱えて出勤した瞬は、顔を合わせた途端に徳永にそれを見抜かれてしまった。

「随分飲んだようだな。顔が浮腫《むく》んでいるぞ」

「……すみません。イタリアのスパークリングワインが美味《おい》しくて……」

自棄酒《やけざけ》と言うのはなんとなく憚《はばか》られ、誤魔化《ごまか》した瞬に徳永が苦笑してみせる。

「俺も課長と自棄酒で二日酔い気味だ」

「えっ。徳永さんが？」

まったくそうは見えない。目を見開いた瞬の前で徳永が「ああ」と頷く。

「コーヒーでも飲んでしゃきっとするがいい」

そう言う彼は既に、自分で淹《い》れたと思《おぼ》しきコーヒーを飲んでいた。

「すみません。そうします」

コーヒーメーカーのセットもやってもらってしまった。瞬は反省しつつ自分のコーヒーを淹れ、席に戻った。

「今日は……立川《たちかわ》にするか」

徳永が指名手配犯のファイルを捲《めく》りながら、今日の見当たり捜査の場所を決める。昨日の放映では、見当たり捜査は都心の繁華街《はんかがい》等で行うといったことを刑事部長が言ってしまっていたので、敢《あ》えて都下を選んだのだろうと、瞬はすぐ推察した。

「立川ですね。わかりました」

「午後はそのまま西に向かおう」

「八王子《はちおうじ》とかですかね」

　今までにどちらも張り込んだことがあった。立川では強盗殺人犯を見つけてもいる。今日も指名手配犯を見つけられるといい。そう願いかけ、『見つけられるといい』じゃないだろうと自分を叱咤《しった》する。

　必ず見つけてみせるくらいの気概《きがい》がなくてどうすると、それを反省していたのだが、徳永にくすっと笑われ、感情が顔に出ていたかと羞恥《しゅうち》を覚えた。

「放映後、かなりの反響があったそうで、刑事部長は得意顔だと言っていた。今後の捜査に支障が出るから、これ以上の取材は絶対に受けないでほしいと課長が進言してくれたが、どうなることやら」

　コーヒーを飲みながら徳永が愚痴めいた言葉を口にする。珍しいなと瞬は彼の端整な横顔をつい、見やってしまった。気づいた徳永がバツの悪そうな表情となったので、しまった、と我に返り話しかける。

「反響については、俺も佐生から聞きました。ネットで話題になっていると。ミステリー好きじゃなくても、充分興味を惹《ひ》くネタだからだろうと言われたんですが、そういうものですかね」

「『特殊能力係』というネーミングでキワモノ扱いされているというのもあると、昨日も課長に愚痴っていた」

徳永が苦笑しつつそう言い、肩を竦《すく》める。係の発足は徳永の上層部への働きかけが実ったと聞いたことがあるが、そういえば名称には反対したとも聞いたのだった、と瞬はそれを思い出した。

「お前の場合は確かに『特殊』だからまあ、誇張でも嘘でもなくなってはいるんだが」

「徳永さんも指名手配犯全員の顔も罪状もすべて覚えてるじゃないですか」

しかも徳永は自分のように、一度見た人間の顔は忘れないというわけではない。いわば彼の記憶力は努力の賜《たまもの》であり、日々、努力をし続ける彼のほうが余程凄《すご》いと思うと瞬は、尊敬してやまない上司にそう告げた。

「それが仕事だからな」

努力などして当然と言わんばかりの徳永の返しに、ますます尊敬の念が高まる。

「コーヒーを飲んだら出掛けるぞ。やることは今までと同じだ。目立たぬように張り込み、指名手配犯を見つけ出す」

「はい。頑張ります」

　頑張るのは当然なのに、つい、口から出てしまう。求められるのは成果であり頑張りではない。慌てて言い直そうとした瞬に徳永はニッと笑うと、熱意は充分伝わっていると頷いてくれたのだった。

　立川駅の、瞬は北口を、徳永は南口を担当することになり、待ち合わせを装《よそお》いながら少しずつ場所を移動しつつ、見当たり捜査にかかった。学生や社会人、それに家族連れもいる。二階にある改札からそのまま街中に出られる屋根付きの通路がかなり遠いところまで設置されているので、最初は二階で、一時間後には一階に降り、瞬は行き来する大勢の人間の中から指名手配犯を捜すべく注意を払っていた。

　たまに、目が合う人がいると、見当たり捜査をしている刑事と気づかれたのではないかとドキリとする。落ち着け、怪しまれるような行動は取っていないのだからと己に言い聞かせるも、やはり気になり場所を変えることにする。

　そんなことを繰り返したせいか、夕方八王子駅周辺で、そろそろあがろうと徳永に声をかけられたときには、瞬はいつも以上に疲れ果てていた。

「今日はこのまま帰っていいぞ」

　見かねたらしい徳永が気遣ってくれる。

「大丈夫です」

「いいから帰れ。戻っても別にやらなければならないことはないんだろう？」

徳永の言うとおり、メールのチェックくらいしかやることはない。指名手配犯を見つけられていたら報告書を書く必要があったが、今日も空振《からぶ》りに終わっていた。見当たり捜査に集中できていなかったからだ、と改めて反省していた瞬は徳永に肩を叩かれ、はっと我に返った。

「気持ちはわかるが、あまり気にしないことだ。人の興味はそう持続しないものだからな。一旦話題になったとしても、すぐに皆、忘れるさ」

「はい……」

そうであってほしい。心の中で呟《つぶや》き、頷いた瞬の肩を徳永が再度叩く。

「課長からは、万一取材の申し込みが来たとしても受けないようにと言われている。お前が自分の『能力』について自覚をしたのは警察に入ってからだったよな？」

「はい。特別なこととは思っていませんでした」

頷いた瞬に対する徳永の問いは続く。

「今までに記憶力のよさを指摘されたり、そのことで話題になったりしたことはあったか？」

「特には……日本史とかの記憶ものの教科の成績もそれほどよくなかったですし」

理数系よりはマシだったが、『できる』というほどではなかった。歴史上の人物の『顔』だけを覚えていても成績には繋《つな》がらなかった、と答えたあとに、質問の意図に気づく。

「あ。もしかして、マスコミは『記憶力のいい刑事』を捜すかもしれないからですか」

「そこまでするとは思えないが、一応な」

徳永はそう告げると、大丈夫だというように微笑《ほほえ》み頷いた。

「話題になっていないのなら、まず大丈夫だろう。お前の『特殊能力』を知っているのは、警察の外では佐生君くらいなんだろう？　佐生君がお前を売るとは思えないし、心配する必要はないさ」

『心配ない』と告げるための問いだったのかもしれないと瞬は気づき、申し訳なく思った。

「とにかく、今日は早く帰って休め。いいな？」

そこまで言ってもらうと、頷くしかなくなる。意識を入れ換え、気持ちを立て直すために、徳永の好意に甘えよう。心を決めると瞬は、

「わかりました。ありがとうございます」

と彼に対し頭を下げた。

その後二人は上りの中央線《ちゅうおうせん》に乗ったのだが、そこで瞬はふと、徳永はどうだったのだろうと気になり、聞いてみることにした。

「徳永さんは、話題になったことがありましたか？　その……例のことで」

周囲の人に聞かれる危険があるので、適当に誤魔化《ごまか》す。徳永が瞬の意図に気づかぬわけがなく、くす、と笑ったあとに答えてくれた。

「特にないな。そういった意味では俺も安心だ。理系だったし」

「理系！」

あまりに『らしい』、と瞬は思わず声を上げてしまい、注目を集めてしまったことに気づいて首を竦ませた。

「そうだが？」

「すみません、はまりすぎだなと思ったもので……でも徳永さん、色んな意味でクラスメイトの記憶に残ってそうですね」

「そんなわけがあるか」

徳永は呆《あき》れていたが、そうに違いないとの確信を瞬は抱いていた。とはいえ、記憶力が関係ないのであれば、徳永のもとにも取材が来ることはないだろう。本当に彼の言うとおり、見当たり捜査に関する世間の興味が一日も早く薄れてほしい。少し混雑した電車に揺られながら、瞬はそう願わずにはいられなかった。

瞬の願いも空《むな》しく、その後もワイドショーや週刊誌で、『特殊能力係』や『見当たり捜査』についての特集が次々組まれるようになり、人々の興味は薄れるどころかますます注目を集めるようになっていった。

今までニュースになっていた、指名手配犯が何年かぶりに逮捕されたという報道を集め、それらが見当たり捜査によるものではないかと推察する特集が組まれたり、かつて見当たり捜査を担当していた警察OBが男性アイドルと一緒に街中に立ち、見当たり捜査を実践《じっせん》してみせる番組が作られ、アイドルの人気もあってかなり話題となった。

交番に貼られている指名手配犯のモンタージュへの注目が集まり、今迄《いままで》とは比べものにならないくらいの量の情報が寄せられるようにもなった。とはいえ信憑性《しんぴょうせい》のあるものは皆無といってよく、たいていが『似ている』とは到底いえないレベルの別人だったというオチがつき、確認の手間だけで捜査一課の刑事たちは疲弊《ひへい》しているという愚痴《ぐち》を、瞬は疲《ひ》労困憊《ろうこんぱい》状態の小池から聞かされた。

「通報者も悪気があるわけじゃないっていうのが、また始末に負えないっていうか。その人の目には『似てる』と見えるんだろう。中には本物の情報もあるんじゃないかと最初のうちは期待もしたが、今はもう、『違う』ということを確かめるために出向いているようなもんだよ」

目の下に隈《くま》をこしらえた小池はひとしきり愚痴るとまた、捜査に戻っていった。大変だなと同情していた瞬だったが、数日後には彼もまた同情を向けられる側となった。というのも、いよいよ手が回らなくなったとのことで、『特殊能力係』にも捜査一課長から協力要請がきたのである。

徳永と瞬も、寄せられた目撃情報の確認に回ることとなり、その間、見当たり捜査の中止が決まった。

「今、街中では『見当たり捜査』の真似《まね》が流行《はや》っているからな」

中止はちょうどいいかもしれないと徳永は告げつつ、抑えた溜め息を漏《も》らす。

「そうですね……」

実際、瞬も街中で、今まで何度も見かけた人間が同じ場所に佇《たたず》んでいる様子を目の当《ま》たりにしてきた。一人ではなく数名おり、どうやら見当たり捜査の真似事をしているとわかったときには、啞然《あぜん》としてしまった。

瞬が彼らを覚えたように、彼らも瞬や徳永を『よく見かける』と認識するかもしれない。困ったなと思っていたところだったので、確かに徳永の言うようにこのタイミングでの中止は特殊能力係にとってもありがたいものだったのかもと、瞬は納得した。

期せずして、他の捜査一課の刑事たちと同じ業務ができるというのも、瞬にとってはいい経験だった。徳永主導のもと、彼と共に情報提供者に話を聞きに行ったり、匿名《とくめい》の指名手配犯発見情報の信憑性を確かめるために、その情報が示した相手に会いに行く。

徳永の話術の巧みさに、瞬はただただ感心した。相手からの情報引き出し能力が半端ない。本当に勉強になる、と、瞬はこの機会に自分も聞き込みのノウハウを取得しようと密かに決意を固めたのだった。

情報は次々と寄せられるため、徳永と瞬もまた、毎日早朝から深夜まで、都内や近県を駆け回ることとなった。翌日は休みとなったときには、二人して疲れ果ててはいたものの、互いを慰労《いろう》したい気持ちから、よく行く神保町《じんぼうちょう》の中華料理店に向かうことにした。

時刻は深夜を回っていたが、店は混雑していた。運良く三階を陣取っていたグループが帰った直後で、徳永と瞬は無事、三階の狭い座敷に二人で腰を下ろし、ビールのジョッキを「乾杯」とぶつけ合うことができた。

取り敢《あ》えず餃子《ギョーザ》三枚とニラ玉を注文し、一週間の激務の疲れを癒《いや》し合う。

「小池さんも誘ってあげたかったですね」

小池は今日宿直で、飲みに同行できないことを非常に残念がっていた。

「そろそろ落ち着くんじゃないかと思うんだが、どうだろうな」

徳永も珍しく疲れた顔となっている。

「とはいえ、『本物』の指名手配犯を追い詰める状況となっているのも事実だと思う。今まで以上に世間の人の目が光っているわけだから」

「確かにそうですね」

この一週間、徳永と共に確認した人間は全員、指名手配犯とは別人だった。が、徳永の言うとおり、指名手配犯に対して世間の注目度が高まっているとなると、この先逮捕が増えるかもしれない。前向きにとらえることとしよう、とビールを飲みながら瞬は、自身にそう言い聞かせた。

しかし、本来の仕事である見当たり捜査はいつ再開できるのだろうか。今やっている確認作業に不満があるわけではないのだが、やはり本業のことは気になる、と、瞬はそれを徳永にどう切り出そうかと考えていた。

このまま特殊能力係が消滅するということはないと信じたいが、いつまでも見当たり捜査に戻れない状況が続いたら、消滅の可能性は出てくるのではないか。世間の注目はいつなくなるのだろう。期限があればまだ冷静でいられるのだがと、瞬は餃子に箸《はし》を延ばす徳永を見やった。徳永が視線に気づき顔を上げる。

「あの……」

意を決して聞こうとした瞬の心を読んだのだろう。何を言うより前に徳永が口を開く。

「心配することはない。寄せられる情報数も落ち着いてきたというし、あと一、二週間で我々はお役御免となるはずだ」

「そうなんですね……！」

よかった、と安堵《あんど》の息を吐いた瞬を見て、徳永が、くす、と笑う。

「え？」

「……いや、見当たり捜査より今のほうがやり甲斐《がい》があると言われるのかと、身構えていたからな」

「そんなことないです！」

意外なことを言われ、思わず声が高くなる。

「今やっていることも『事件の捜査』とは違うが、それでも人との対話が生まれる仕事だ。見当たり捜査は捜査対象にコンタクトを取るようなものではないし、高いコミュニケーション能力を活《い》かすことができず、麻生はストレスを感じるようになるのではと案じていたんだよ」

「俺、別にコミュニケーション能力は高くないです！　高いのは徳永さんのほうじゃないですか！」

ますます意外なことを言われ、瞬は堪《たま》らず言い返していた。

「どうやったらあんなふうにスムーズに話を聞き出せるんだろうと、いつも感心しているんです。最初は模倣《もほう》から入ろうと思って、できるだけ記憶に刻もうとしてます。本当ならメモもとりたいくらいなんですが、さすがにマズいかと思って我慢していたんですが……って、もしかして、俺が相当やる気があるように見えたからでしょうか」

その『やり甲斐』を徳永は捜査一課の仕事に見出《みいだ》したと勘違いしたということではないか。察した瞬の前で徳永が少しバツの悪そうな顔になりつつも、「ああ」と頷《うなず》く。

「俺は『仕事』だからできているだけだ。麻生はもともと人好きがするし、人の懐《ふところ》に飛び込むのも得意に見える」

「得意……ですかね。うーん？」

自分ではよくわからず首を傾《かし》げた瞬を前に、徳永が噴き出しそうになる。

「聞き込みについてはコツがある。あとは場数だ。お前ならすぐに習得できると思うぞ。もう習得しているんじゃないか？」

「いや、全然です。いつも徳永さんの話の持っていきようには、そうやるのか、と驚かされているので、まだまだじゃないかと……」

「来週は聞き込みをお前に任せようか」

徳永が思いついたようにそう言うのに、

「いや、まだ無理です」

と瞬は慌てて言い返したが、すぐに、もしや自分に場数を踏ませてくれようとしているのかと気づいた。

「……あの、やっぱりやってみます」

「要は慣れだからな」

それでいいというように微笑《ほほえ》まれ、なんだか嬉しくなってしまう。見当たり捜査には必要のない聞き込みのコツを学ばせてくれようとしているのは、自分の将来を見据えてのことだと、徳永の親心が伝わってきたためである。

「ありがとうございます……っ」

自然と礼を言う声に熱が籠《こ》もると、徳永は、

「オーバーだな」

と苦笑し、メニューを瞬に差し出してきた。

「あとのオーダーは任せる。そろそろ紹興酒《しょうこうしゅ》にするか？」

「はい！　冷たいのと熱いの、どっちにしましょう」

「冷たい方にするか」

疲れ果てていたところに酒を飲んだこと、また『特殊能力係』の存続について心配ないと言われたこと、そして頼もしい上司が先々のことまで考えてくれていること。嬉しさの連続で、自然と瞬の声が弾む。

「わかりました！」

弾みまくった声のトーンはやたらと高くなってしまい、瞬は徳永から久々の、

「声が大きい」

という注意を受けることになったのだった。

2

ひと月が過ぎると、さすがに世間も落ち着いてきた。指名手配犯の目撃情報の数も減り、徳永と瞬も翌日から従来の業務に戻ることが決まった。

徳永と一緒に瞬も捜査一課長に呼ばれ、感謝の言葉と共にそれを伝えられたのだが、ようやくか、と瞬は心底安堵すると同時に、久々に復帰する見当たり捜査へのやる気が全身に漲《みなぎ》ってくるのを感じていた。

地下二階の特殊能力係に戻り、徳永と二人して笑い合う。

「ようやくですね」

「課長の前で満面の笑顔になってたぞ」

珍しく徳永が軽口を叩く。

「えっ。あ、だから課長が微妙な顔してたんですかね。今まで不満を持って業務にあたっていたと思われたんでしょうか」

軽口と気づかず、青ざめる瞬を見て徳永が「冗談だ」と笑う。

「課長が微妙な顔なのはいつもだから気にするな」

「それも冗談ですよね……？」

そんな浮かれた会話をしているときには、瞬も、そしておそらく徳永も、特殊能力係の存続にかかわるとんでもない事態が起こることをまるで予測していなかった。

翌日、やる気に溢《あふ》れた明るい気持ちで出勤した瞬と徳永が、見当たり捜査に出掛けようとしたとき、徳永に捜査一課長から呼び出しがかかった。

「ちょっと待っていてくれ」

心当たりがなかったのだろう。軽く首を傾げつつ、徳永が部屋を出ていくのを見送ると瞬は、改めて指名手配犯のファイルを読み込んでいった。

顔は勿論《もちろん》覚えているし、罪状についても頭に叩き込まれていることが確認でき、安堵する。今日は久々に東京駅《とうきょうえき》を張り込むことになっていた。目立たないように配慮《はいりょ》をしつつ、絶対指名手配犯を見つけてみせるぞと拳を握り締めた瞬だったが、すぐ戻ってくると思っていた徳永がなかなか姿を現さないことに疑念を覚え始めた。

まさかまた、協力を求められるのだろうか。目撃情報がなんらかの理由で爆発的に増えたとか？　ネットを検索してみるか、とスマートフォンを取り出したそのとき、着信に震え始めたものだから、誰からだと瞬は驚き、画面を見やった。

「佐生？」

今、仕事中だとわかっているだろうに、何か急用だろうかと電話に出る。

「どうした？」

『瞬！　徳永さんが！　雑誌に出てる！』

「ええ？」

雑誌に？　意味がわからず問い返そうとするより前に、興奮した状態のまま、佐生が電話の向こうで喚《わめ》きたてる。

『写真週刊誌に、「これが見当たり捜査員だ！」って記事が出てるんだよ。写真は一応、目のところに黒いバーが入ってるけど、どう見ても徳永さんだし、「T警部」ってイニシャルも書いてあった』

「どうして……え？　どうして……？」

佐生に聞いても理由などわかるはずがないと、瞬にもわかっていたはずだった。それでも問わずにいられなかったのだが、もしや徳永が捜査一課長に呼び出されたのはこの件か、と気づき愕然《がくぜん》とした。

『わかんないよ。それより徳永さんは？　お前が知らないってことは、徳永さんもまだ気づいてないんだろうか？』

「知らなかったと思う。でも今、課長に呼ばれてるんだ」

『普通こういう記事が出る前に、出版社から連絡がいくもんなんじゃないのか？　これ、徳永さんを知ってる人なら絶対わかる写真だぞ』

「ネットで見られるかな？　もう一度、雑誌名教えてくれるか？」

まずは自分の目で確かめねば。そう思った瞬は佐生に尋ね、佐生はＵＲＬを送ると言って電話を切った。

有料の記事だったが、迷わず課金し、中を読む。佐生の言ったとおり、掲載されているのは徳永の写真だった。今より少し若い頃のようだ。記事の内容は『特殊能力係』が現在二名であること、係長がこのＴ警部であること、また、他の係のメンバーは若手で、指名手配犯の逮捕は主にこの若手の活躍によるものと書かれていた。

「なんだこれは……」

徳永を無能扱いした上で、顔を晒《さら》そうとしている。悪意しか感じないが、一体どこの誰がリークしたのだろう。

今まで徳永と瞬が見つけた指名手配犯の逮捕は捜査一課が行っており、特殊能力係によって発見されたということは当然、明かされていない。警視庁の人間であれば、特殊能力係の存在やメンバーを知り得るが、となると警視庁内にリークした者がいるのだろうか。

それもまた考えがたい、と瞬は首を傾《かし》げた。瞬の知る限り、徳永に警視庁内で敵がいるとは思えなかったし、捜査一課の皆からも慕《した》われているように見える。上司からは頼りにされ、部下からは慕われる。こんな、貶《おとし》めるような記事を書くネタを提供する人間についての心当たりはまるでない。

と、そのとき、ドアがノックされたため、瞬は、はっと我に返った。

「はい！」

徳永であればノックはすまい。ここを訪れるのは小池くらいだが、小池もまたノックをすることなく入室してくるのが常だった。一体誰が、と思いながら瞬が返事をしたと同時にドアが開き、よく見知った白衣の男が部屋に入ってきた。

「麻生君、徳永は？」

瞬に問い掛けてきたのは、科捜研《かそうけん》にいる徳永の同期、坂本《さかもと》だった。徳永と同じく長身の眼鏡《めがね》ハンサムで、普段はひょうひょうとしているのだが、今、彼は非常に動揺《どうよう》しているようである。どう考えても記事の件だろうと思いながら瞬は、

「徳永さんは捜査一課長に呼ばれました。あの」

と早速それを確かめようとした。

「もしや写真週刊誌のことですか？」

「ああ、そうだ。既に連絡があったんだな」

坂本の顔が青ざめている。

「いえ。俺は友人から今、聞いたところです。徳永さんは捜査一課長の呼び出しについて心当たりがまったくなさそうだったので、おそらく知らなかったんじゃないかと……」

「そうだったか。いや、驚いた。これから大変だと思う。徳永が戻ったら、俺が話したがっていたと伝えてもらえるか？」

多忙な中、無理をして駆けつけたのだろう。腕時計を見やったあとそう言葉を残し、坂本は部屋を出ていった。

瞬は再びスマートフォンで徳永の記事を呼び出し熟読した。読めば読むほど、悪意を感じる記事で、むかむかしてくる。それでも読み続けたのは、リークしたのは誰かを知るヒントがないか、それを捜すためだった。

写真はどうだろう。徳永しか写っていないので撮られた場所は屋外ということしかわからない。隠し撮りだろうか。徳永が隠し撮りなどされるだろうか。わかっていて撮らせたという可能性もある。その場合、徳永本人は誰に撮影されたものか見当がつくのではないだろうか。

徳永が特殊能力係の係長であることを知っているのは、警察関係者以外で誰がいるのだろう。瞬の周りで知っているのは佐生だけと断言できる。警察関係者の家族とか？　または友人？　家族や友人に『特殊能力係』の話題を出すことがあったとしても、徳永の名までは出さないような気がする。いや待て。家族や友人が徳永のことを知っていたら、名前は出すか。

捜査一課三係勤務だったときには、家族ぐるみで何か行事があったりしたのか。となると、家族も徳永のことを知っているので話題に出すこともあるかもしれない。

そこまで考えていた瞬は、自分が捜査一課の人たちの家族や友人を犯人扱いしていることに気づき猛省した。

決めつけはよくない。他に可能性もあるはずだ。気持ちを切り換えると瞬は、今後のことを考え始めた。

徳永を知らない人間であれば、この写真を見たとしてもこれが徳永とはわかるまい。しかし街中で徳永を見かけたらどうだろう。

見当たり捜査をしていると気づかれてしまうだろうか。徳永は自身の気配を消すのが上手《うま》いので問題ないとは思うのだが、と溜め息をついたときにドアが開き、徳永が部屋に入ってきた。

「徳永さん……っ」

「その様子だと既に知ったらしいな」

徳永が溜め息交じりにそう言いながら瞬に近づいてきて、ぽんと肩を叩く。

「佐生から連絡があって……」

「さすがだな、佐生君は」

言葉どおり、感心している様子の徳永に瞬は思わず身を乗り出し、問い掛けていた。

「徳永さん、もしかして写真を提供した人の心当たりがあったりしませんか？」

「…………」

瞬は徳永から『ある』もしくは『ない』という答えがすぐに返ってくるものと想定していた。なので彼が言い淀《よど》んだことに驚き、まじまじと顔を見やってしまった。沈黙の時間が暫《しば》し流れる。

「徳永さん……？」

「いや……少し時間をもらえるか？」

沈黙を破ったのは徳永だった。目を逸《そ》らし告げたその言葉に、瞬は衝撃を受けたせいで、すぐには答えることができなかった。

「必ず話す。だが今は少し待ってほしい」

沈黙をどう取ったのか、徳永が言葉を足し、瞬の目を見つめてくる。

「あ……あの……わかりました」

気にならないはずがない。しかしそう言われては頷《うなず》かないわけにはいかなかった。

「悪いな」

徳永が言葉どおり、本当に申し訳なく思っている口調でそう言い、頭を下げる。

「いえ、そんな……！」

恐縮した瞬だったが、続く徳永の言葉にはまたも衝撃を受け、その場で固まってしまった。

「課長から、暫《しばら》く俺は内勤を命じられた。処罰ではないというフォローは入ったが、見当たり捜査に当たれないという事実には変わりないからな」

「そう……なんですか」

今日から復帰できると思っていたのに。愕然とした瞬に、徳永が言葉を続ける。

「俺は内勤だが、麻生まで内勤が命じられたわけじゃない。お前は今日から見当たり捜査にかかってくれ」

「……一人でですか……？」

「ああ。もう単独で捜査するのに問題はないからな」

徳永が微笑《ほほえ》み、ぽんと瞬の肩を叩く。

「はい……いってきます」

後ろ髪を引かれる思いがしながらも瞬がそう告げたのは、徳永がそれを求めているとわかったためだった。

「いってこい」

徳永が微笑み、もう一度、ぽんと瞬の肩を叩く。

「悪いな。迷惑をかけて」

「いえ、全然！　迷惑なんてかかってないですから！」

瞬がそう言うと徳永は苦笑めいた笑みを浮かべ、ぎゅっと瞬の肩を摑《つか》んできた。

「言うまでもないが、指名手配犯を見つけたら深追いはするな。即、捜査一課に連絡を入れる。まあ、こんなことは言わずともわかりきっているとは思うが」

「はい。心してかかります」

言われずとも頭と身体《からだ》に叩き込まれていることではあった。それでも念を押さずにいられない徳永の気持ちがわかるだけに瞬はそう返事をすると、

「いってきます！」

と敢《あ》えて一際元気にそう告げ、部屋をあとにしたのだった。

一人で行う見当たり捜査は、緊張の連続だった。東京駅の、最初は八重洲口《やえすぐち》で、午後は丸ノ内口《まるのうち》で張り込んだが、ともすれば徳永の記事のことを考えてしまい、なかなか意識を集中させることができない。それじゃ駄目だろうと自身を叱咤《しった》し、指名手配犯を捜すことに気持ちを持っていこうとしたが、成果はあがらなかった。

未だにいる『エセ見当たり捜査官』の存在に気が散らされたことも少し影響していた。八重洲口でも丸ノ内口でも見かけた若い男は、時折スマートフォンの画面をチェックしていることもあって、すぐ瞬は彼のしていることに気づいた。偶然を装《よそお》い傍を通ったとき、彼のスマートフォンの画面には交番前に貼られている指名手配犯の写真があり、間違いないと確信した。

随分《ずいぶん》と報道は落ち着いてきたが、徳永の写真が出たことでまた、騒がしくなるかもしれない。徳永のために何かしたいが、自分に何ができるだろう。

考えたが、これという案が浮かばないことに落ち込みながら、報告のために警視庁に戻った瞬を迎えてくれたのは、徳永が残したメモだった。

『上からの呼び出しがあった。報告は明日聞くので今日は帰ってくれていい。待つ必要はない』

自分への気遣いからこうした文章となったことは軽く想像できたので、突き放したような表現にショックを受けることはなかった。

とはいえ、気にならないわけではない。待っていたいと思ったが、午後八時を過ぎても徳永が戻る気配はなく、このまま待っていていいだろうかと瞬は迷っていた。

徳永から『少し時間をもらえるか』と言われているし、何より『今日は帰ってくれていい』とメモにも書かれている。徳永は帰宅を求めているのだから、帰宅すべきではないのか。逡巡《しゅんじゅん》していた瞬の頭に、ふと、ある人物の顔が浮かぶ。

「でも……」

思いつきはしたものの、会いに行っていいものかと、暫し瞬は考え込んだ。

もしかしたら徳永自身が依頼に行くかもしれないとも思ったし、そもそも引き受けてもらえないのではという懸念《けねん》もあった。が、結局瞬が行動に移す決意を固めたのは、ともかく『当たって砕《くだ》けろ』だと開き直ることができたからだった。

徳永のデスクに『お先に失礼します』とメモを残し、警視庁をあとにした瞬の向かった先は、新宿二丁目《しんじゅくにちょうめ》だった。

彼自身が依頼人になったことはない。しかし今まで『特殊能力係』としては散々世話になっている、徳永お抱えの情報屋、新宿二丁目の『ヌシ』とも言われるミトモの店『three friends』が瞬の目指す場所だった。

カランカランとカウベルの音を響かせ、入店する。

「いらっしゃ……あら、坊や」

この店を訪れるとき、客がいるときもあるが、大抵は店主以外、無人であることが多い。今日もまたカウンター内にいる店主のミトモ以外は誰もいないことに安堵《あんど》しつつ、瞬はカウンターまで歩いていくとミトモに向かい頭を下げた。

「すみません、実はお願いがありまして」

「あら？　坊やが？」

それを聞き、ミトモが実に意地の悪そうな顔になる。

「……すみません。でもそこをなんとか……」

「百年早いわよ」

自分としても分不相応だとは思っている。しかし徳永のためにも受けてもらわねばならないのだ、と再度頭を下げる。

「……ま、座りなさいよ。写真週刊誌の件でしょ？　びっくりしたわよ。何あれ」

ミトモがそう言い、瞬にカウンターの席を勧める。よかった、話は聞いてもらえそうだと安堵したそのとき、カランカランとカウベルの音が響いたと同時に、聞き覚えがありすぎるガラガラ声が店内に響いた。

「ミトモ、見たか？　お前の推しが大変みたいだぞ」

「あれ？　瞬君？」

「高円寺《こうえんじ》さん！　藤原《ふじわら》さん！」

店に入ってきたのは、新宿西署の刑事、ラテン系の美男子にして、刑事というより『ヤ』のつく自由業にしか見えないという高円寺久茂《ひさも》と、彼の友人で、もと有名新聞社の名の売れた記者、今はフリーのルポライターとして名を馳《は》せている藤原龍門《りゅうもん》の二人だった。二人とも徳永の友人であり、瞬ともこの店でよく顔を合わせている。

「おう、坊や、久し振りだな。徳永はどうしてる？」

高円寺に問われ瞬は、すぐには首を横に振ることしかできなかった。

「やはり警察内でも問題になっているんだね。そりゃそうだろうとは思ってたけど」

藤原が心配そうに声をかけてくる。

「……はい。徳永さんは今日、内勤を命じられました」

「で？　もしかしてあの記事を書いた奴を捜しにきたのか？　坊やは」

「はい」

頷いた瞬だったが、すぐ、

「徳永さんには何も言ってないんですが」

と言葉を足した。

「もしかしたら徳永さんが自分で依頼に来るかもとは思ったんですけど、じっとしていられなくて……」

「そもそも、『特殊能力係』を世間に公表したことに、驚いていたんだよ。警察のイメージアップを狙ったんだろうけど」

藤原の読みの正しさに感心しながら瞬は、

「そうなんです」

と頷き、話を続けた。

「あのあと指名手配犯の情報が多数集まったこともあって、徳永さんも俺も見当たり捜査から離れて情報の確認に回っていたんです。今日からようやく見当たり捜査に戻れるところだったんですが、記事が出たせいで徳永さんは内勤になってしまって」

「で、徳永はなんて言ってるんだ?」

高円寺の問いを受け、瞬は答えに詰まった。

「それが……」

「もしかして、徳永さんにはあの記事を書いたのが誰なのか、心当たりがあるんじゃないの?」

逡巡の理由を見抜いたミトモの鋭い問いに、瞬は一瞬、頷くのを躊躇《ためら》った。

「なるほどね」

高円寺が呟《つぶや》くようにしてそう言ったあとに、ミトモに声をかける。

「取り敢えず酒くれ。話はそれからだ」

「ま、座んなさいよ。りゅーもんちゃんも。坊やもね」

「おうよ」

「ありがとうございます」

「あの……はい」

高円寺、藤原、瞬の順で返事をし、スツールに腰を下ろす。

「で。坊やはアタシを雇いたいってことでいいのよね？」

オーダーするより前に、高円寺のボトルから、氷を入れたグラスにドバドバと原液を注ぎながらミトモが瞬に問い掛ける。

「……そのつもりだったんですけど、ちょっと迷ってます」

「そのココロは？」

突っ込んできたのはミトモではなく高円寺だった。

「徳永さんに『少し時間をもらえるか』と言われたので……」

「なるほど。それだと先走らないほうがいいかもね」

瞬の言葉を聞き、ミトモが肩を竦《すく》める。

「……はい。すみません。なんだか……」

一体自分は何をしに来たのだかと、落ち込みながらも瞬はミトモに向かい、深く頭を下げた。

「謝ることはないわよ。実際、アタシも気になってるし。だから個人的興味で調べるつもり。結果を聞きたかったら教えるし、徳永さん本人から聞きたいということなら黙っておくわ」

「あ……りがとうございます」

ありがたすぎるミトモの申し出に、感謝のあまり瞬は更に深く深く頭を下げた。

「別にいいのよ。だって調べるのはりゅーもんちゃんだし」

ミトモがそんな瞬の前でしれっとそう言い、「ね?」と藤原に笑いかける。

「わかってますよ。既に調査中ではあるんですが、今回に限ってはなぜか編集部の口が堅いんですよね。とはいえ、すぐ突き止められると思います」

藤原が人の好さそうな笑顔でそう言い、頷いてみせる。

「さすがりゅーもん。しかしなんだって口が堅いんだ?」

高円寺が不思議そうに問い掛け、藤原が「さあ」と首を傾《かし》げる。

「ますます気になるわね。りゅーもんちゃん、こんなところで油売ってないでとっとと探ってきてよ！」

「わかりましたよ。相変わらず人使いが荒いんだから」

ミトモに追い立てられ、藤原がスツールを降りる。

「わかり次第、連絡しますよ。瞬君にもメールするから」

それじゃあ、と藤原が店を出ていく。カランカランというカウベルの音を聞きながら、瞬は思わず溜め息を漏《も》らしていた。

「なんなのよ、辛気《しんき》くさい」

すかさずミトモに拾われ、突っ込まれる。

「すみません……」

どうにも気になってしまうが、やはり徳永から聞くべきだろうかと逡巡していた瞬の横で、高円寺が「にしてもよ」と話し出す。

「あの記事の徳永の写真、五年は前のものだよな？『特殊能力係』ができたのって、何年前だ？」

「四年前と聞いてます。それまでは徳永さんは捜査一課の三係にいたそうです」

「覚えてるよ。小池とペア、組んでたな。検挙率がずば抜けていた……その頃の写真かもしれないいな」

「若い頃の徳永さん、非常にそそられるけど、今はそれは置いておいて」

続くミトモの言葉に、瞬ははっとさせられることになった。

「もしかしてリークしたのは、捜査一課時代の徳永さんを知る人なんじゃない？」

「俺もそう思ったんです！　それに徳永さんが隠し撮りをされることにも違和感があったので、わざと撮らせたんじゃないかと！」

思わず身を乗り出した瞬に、ミトモは若干《じやっかん》鼻白んだ様子となりながらも概《おおむ》ね同意してくれた。

「そうよね。とはいえ、物凄《ものすご》く遠くから撮ったのかもしれないわよ。ビルの屋上とかから望遠レンズ使って。となるとさすがに気づかないんじゃない？」

「……あ、そうか。そうですね」

その可能性もあったか。まったく思いつかなかった自分を情けなく感じていた瞬をフォローしてくれようとしたのか、高円寺がバシッと背を叩いてくる。

「ま、この記事の提供もとはすぐわかるだろうからよ、そうすりゃ隠し撮りの謎もわかるだろ」

「……はい。そうですね……」

頷《うなず》き、改めてスマートフォンの画面を見やる瞬の頭に、徳永の顔が浮かぶ。

少し時間をくれと告げたときの彼の表情は、今まで瞬が見たことのないものだった。そもそも徳永は常に瞬の目を見て話す。一体彼は何を心に抱えているというのだろう。気になる。唇を嚙《か》んでいた瞬は、再び背をどやしつけられ、はっと我に返った。

「とにかく今日は飲もうぜ。俺の奢《おご》りだ」

陽気な高円寺のガラガラ声が店内に響く。

「あ、いや、そんな。申し訳ないです」

慌てて固辞しようとしたが、高円寺は聞く耳を持とうとせず、

「まあ、飲め！」

と強引にグラスを瞬に握らせると「乾杯」とこれまた強引に彼のグラスをぶつけてきた。

「ヒサモ、太っ腹ね。なんなら若い子に高い酒、飲ませてあげちゃう？」

ミトモが猫撫《ねこな》で声《ごえ》を出し、カウンターから見るからに高そうなボトルを取り出してくる。

「馬鹿言うな。てめえが奢るなら話は別だが」

「なんでアタシが奢るのよ」

「これだけ店に金落としてんだ。たまにはいいだろ？」

「『これだけ』っていうほど落としてもらってないけどねえ」

丁々発止《ちょうちょうはっし》のやりとりを始めた二人を瞬は唖然《あぜん》として見ていたのだが、もしや自分の気持ちを盛り上げてくれようとしているのかと気づいた。

申し訳ないという思いと感謝の念が胸に沸き起こるも、それを口に出せば更に気を遣われると我慢する。

「とにかく、飲みましょう！」

「おい、待て！　開けるな！　既成事実にするのはやめろ！」

青ざめて叫ぶ高円寺の前で、ミトモが高いボトルの封を切り、中身をグラスに注ぎ出す。

「まったくもうよう。せめてグラスは変えろよな」

文句を言いながらも、どうやら諦めがついたらしい高円寺は、瞬に対しても、

「新しいグラスに注いでもらえや」

と笑顔を向けてくれ、それからあとは徳永の記事の話は一切出ないまま、楽しい飲みの時間が続いた。

そろそろ終電がでてしまう時刻になり、瞬はミトモの店を辞すことにした。

結局『高い酒』のボトルは三人で空《あ》けてしまったので、少しは払うと高円寺に申し出たが、高円寺が断る前にミトモから、

「子供はご馳走《ちそう》されときなさい」

とぴしゃりと言われてしまった。

「子供ではないんですが……」

既に二年目で新人ではないのだしと主張したが、聞き入れてはもらえず、高円寺が全額支払うこととなったが、高円寺はツケを申し出ていた。

「にしても、徳永さん、来なかったわね」

ミトモが呟いたあとに、ポツ、と言葉を足す。

「やっぱり心当たりがあるってことね」

「…………」

だからこその『少し時間をもらえるか』だったのだろう。俯《うつむ》く瞬にミトモが「時間大丈夫？」と問うてくる。

「あ、終電出ます。すみません、失礼します！」

話しているうちに、かなりギリギリの時間になってしまったが、駅まで走れば間に合いそうだと、瞬は慌てて二人に頭を下げ、店を飛び出した。

大通りを目指し駆けていた瞬は、ふと人の視線を感じ、足を止めた。周囲を見渡すも、急に立ち止まった瞬に対し、どうしたというような目を向けてくる人はいても、声をかけてくる人間はいなかったし、瞬の見知った顔もなかったので、時間もないことだしと再び駆け出したのだが、なんとなくそのことは瞬の心に引っかかっていた。

　無事に終電に乗れたあと、混雑した車内で瞬は先程の視線について考え、もしや、とある可能性に気づいた。

　自分を見ていたのは、徳永の記事を書いた人間ではないだろうか。徳永のことだけではなく自分のことも知っていて、続報の記事を書くために尾行されていた──とか？

　ミトモの店に行くまでの間、特に周囲を気にしていなかったことを、改めて瞬は反省していた。『尾行者はいなかった』と断言できないのが情けない。今はどうだろう、と瞬はこっそり周囲を見渡したが、人の視線は感じなかった。

　もしも自分まで週刊誌に載ることになったら、特殊能力係はどうなってしまうのか。それ以前に徳永はどうなるのか。漏れそうになる溜め息を唇を噛み締めて堪《こら》えていた瞬の頭には徳永の、自分から目を逸《そ》らし俯いた表情が浮かんでいた。

3

翌日も徳永は内勤となり、瞬は一人で見当たり捜査に当たっていた。張り込んでいたのは銀座《ぎんざ》だが、昨日東京駅で見かけた『エセ見当たり捜査官』をまた発見してしまい、微妙な気持ちとなった。

向こうは瞬を意識していないようだが、ああして見当たり捜査の真似《まね》をしているところをみるに、もしや記憶力には自信があるのかもしれない。となると、自分のことも覚えられる可能性があるなと案じ、徳永に許可を得た上で場所を新宿に変更した。

朝も、そして今電話をしたときも、徳永の様子に変わったところはなかった。今日もまた彼は『迷惑をかけて申し訳ない』と詫《わ》びてはくれたが、記事を書いた人間について話してくれはしなかった。

『少し時間をもらえるか』と言われているので、こちらから催促《さいそく》することも躊躇《ためら》われる。徳永に限っては誤魔化《ごまか》しなどしないだろうから、待っていればきっと話してくれると信じてはいたが、それがいつになるかは読めなかった。

その日の夕方、そろそろ業務終了の時間に、瞬のスマートフォンに藤原からメールが届いた。文面に徳永の記事を書いた人間がわかったとあり、瞬は迷ったあとに教えてほしいと返信を打った。

ほどなくして藤原から返信があった。メールを開くより前に徳永に聞くべきかと悩みはしたが、結局瞬は藤原が伝えてきた人物を知るほうを選んだ。

『小柳朋子《こやなぎともこ》。フリーのルポライター。二十六歳と若手だが、身体《からだ》を張った取材で特ダネをものにしていることで、最近業界で名が売れつつある』

同い年か、と瞬はそこにまず驚いた。徳永との接点はあるのだろうか。それが知りたくて藤原に礼と共にメールを打つ。

『ありがとうございます。写真はありませんか？』

犯罪歴があるか否《いな》かは職場に戻ればわかる。顔を見れば徳永の周辺にいたかどうかはわかるのだが、と思い藤原に問うたのだが、彼からの返信は、未入手だが取得後すぐに送るというものだった。

『新聞記者志望だったそうだが、入社かなわず現在フリーで活動している。取材が少々強引かつ、本人が美人なのでいい意味でも悪い意味でも目立っている。「女を使って取材している」という悪評がいい例で、ことの真偽はともかく、主に冤罪《えんざい》や警察の不祥事《ふしょうじ》に関するスクープを得意としている。先日の警視庁刑事部長の不祥事に関してもいくつか記事を売り込んだと聞いている』

加えて、詳しい説明も送ってくれた藤原に礼を返信したあと、瞬は、『小柳朋子』の名前で検索をかけた。ＳＮＳがいくつかヒットしたが、同姓同名の別人のものばかりで、フリーのルポライターをしている二十六歳の女性はヒットしない。記事に名は記載しないのか、と、昨日佐生に教えてもらった記事を改めて読み、文末に『Ｔ．Ｋ』というイニシャルを見出《みいだ》した。イニシャルを検索してみたが、小柳朋子に結びつくページには行き着かず、ここで手は尽きた、と瞬は溜め息を漏《も》らした。

そもそもネットで見つかるようなら藤原はそれも教えてくれたに違いない。他に何かその女性のことを調べられないかと考えた結果、同い年ならもしかして、と、ある可能性を思いついた。

いきなり連絡すれば驚かれるに違いないとわかっていたが、トライだけはしてみようと心を決め、二年近く連絡を取っていなかった相手にメールを送ることにした。

その相手とは、瞬が大学時代に付き合っていた彼女、岡野美香《おかのみか》だった。マスコミ志望で、就職活動の際、殆《ほと》どすべての大手出版社と新聞社、それにテレビ局を受けたが結果は『サクラチル』に終わり、卒業ギリギリで地元、名古屋《なごや》のCATVの制作部になんとか滑り込んだという噂《うわさ》を聞いていた。その時点でもう、二人の付き合いは終わってしまっていたので伝聞となっている。

何か揉《も》め事《ごと》があって別れたというわけではなく、自然消滅的な終わり方だった。就活の先が見えない彼女からの連絡が途絶えたのをそのままにしているうちになんとなく別れ、その後会っていない。なのにいきなりメールするとは、もし逆の立場だったら、一体なんのつもりだと首を傾《かし》げるに違いなかったが、それでも瞬は微《かす》かな可能性を信じ、メールを送ったのだった。

『久し振り。元気にしてますか。ところで「小柳朋子」という名に覚えはありませんか？新聞記者志望だったそうです。就職活動のときに顔を合わせたことがなかったか、思い出してもらえませんか？』

どこまで親しげにしていいかわからなかったので、妙な丁寧語《ていねいご》になっている。文面も怪しすぎると自覚していたが、適当な誤魔化しかたが思いつかなかったのだった。返信はないかもしれない。覚悟していた瞬だったが、いきなりスマートフォンが着信に震えたため、驚いて画面を見た。

「えっ」

かけてきたのが美香とわかり、慌てて電話に出る。

「も、もしもし？」

『ちょっと、瞬、なにこのメール？　宛《あ》て先違いかと思ったけど、内容的に私宛てでいいのよね？』

電話の向こうから懐かしい声が響いてくる。昔と同じはきはきした口調の彼女に瞬は、まずは電話の礼を言った。

「電話ありがとう。うん。美香宛てで、あってる。二年ぶりだというのに、いきなり驚かせてごめん」

『本当よ。びっくりしたわよ。でも別に謝ってもらわなくてもいいけど。なに？　何か事件なの？　小柳朋子って人が、何かにかかわってるの？　もしかして犯人？　それとも被害者？』

そして相変わらず好奇心旺盛《おうせい》である。瞬もどちらかというと好奇心はあるほうだが、軽く凌駕《りようが》されていたんだよなと、これもまた懐かしく思い出していたが、そんな場合じゃなかった、と我に返り、彼女の問いを否定する。

「いや、そうじゃないんだ。犯人でも被害者でもない。今、フリーのルポライターをしているそうなんだけど、彼女とコンタクトをとれないかと思って」

『フリーのルポライターに刑事がコンタクトを取るって、怪しすぎるんだけど』

そして勘もよかった。加えて気も強かった。いろいろ思い出すなと苦笑しつつ、質問を続ける。

「怪しくないよ。人となりとか、あと、連絡先を知っていたら教えてほしかったってだけなんだ。どうかな？　俺らと同い年で、新聞記者志望だったたっていうんだけど」

『小柳朋子……あ、三大新聞社の二次に一緒に残って、連絡先交換したのが確かそんな名前だったような……ちょっと待って』

そう言い、暫《しばら》く待たされたあとに、美香が再び電話の向こうで話し出す。

『やっぱりそうだったわ。結局二次で二人とも全社落ちちゃったので、それ以降、連絡取ってないけど。メールアドレスは残ってたわ。送る？』

なんと。ダメ元で連絡をしただけに、まさかの展開に瞬は心の中でガッツポーズをとっていた。

「お願いできるかな。悪用はしないから」

『警察官だからね。一応信用しておく』

「ありがとう」

礼を言ったあと、やはりダメ元で、「写真はないかな？」と聞いたが、今回はやはり

『ダメ』のほうとなった。

『写真は撮らなかったわ。普通撮らないでしょ。就活で一緒になったってだけなのに』

情報交換のためにメールアドレスを教え合ったが、結局二、三度しかやり取りしなかったと言葉を続けた彼女に瞬は、問いを重ねた。

「どんな子だった？　美香の印象として」

『美人だった。ちょっと陰がある感じではあったかな。明るくハキハキって感じじゃなかった。ああ、あと、両親がいないって言ってた記憶がある……かな。なんか、だんだん思い出してきた』

「両親が？」

そんな深い話をしたのかと驚いたのがわかったのか、美香が理由を教えてくれる。

『縁故でもあればって愚痴《ぐち》ったとき、自分にはもう親がいないから無理、と言ってたのよ。印象的だったから覚えてる』

「なるほど……」

そういうことだったのかと納得していた瞬に、美香が逆に問い掛けてくる。

『容疑者とかじゃないわよね？　面接のとき、報道で正義を守りたいみたいなこと、よく言ってたもの。大仰《おおぎょう》だなあって思ったけど、本気の顔だったなって、それも思い出したわ』

「そうか。ありがとう」

他に何か、と問おうとしたが、美香が誰かに『あ、すみません』と謝ったかと思うと声を潜め、早口でまくし立ててきた。

『悪い。会議の時間だった。もし何かニュースになりそうなネタだったら一番に教えて。それじゃあね』

「あ、美香！」

一応口止めを、と思ったのだが、そのときにはもう電話は切られていた。あとでメールをしておこうと思いつつ、美香からのメールを開き、小柳朋子のメールアドレスを確認する。と、新たにメールが着信したので受信ボックスを開くと、藤原から添付つきのメールが届いていた。もしやもう写真が手に入ったのだろうかと期待しながら開くと果たしてそのとおりで、さすが、と瞬は感心しつつ写真を開いた。

「美女だ」

パーティ会場と思《おぼ》しき場所での写真で、瞬もよく知る政治家の隣にドレス姿の綺麗《きれい》な女性が笑顔で写っている。しかし『ルポライター』には見えないなと思い、藤原からのメールの文面を読むと、クラブのホステスに変装し政治家のパーティに潜り込んだときの写真らしいという説明がついていた。

確かに身体《からだ》を張っている、と、納得し、自分の美しさを充分自覚している笑みを浮かべる彼女を再度見る。

今まで会ったこと、見かけたことはあっただろうか。いくら考えても覚えはないと首を傾げる。徳永と彼女の間に、かかわりはあるのか。徳永は記事を書いたのは彼女とわかったのだろうか。やはり徳永に確認するしかない、と瞬は心を決め、警視庁に戻った。

「お疲れ」

徳永は部屋にいて、パソコンを操作していた。いつもと同じ様子の彼に瞬は、戻るまでの間、必死で考えたが、結局なんの方策も立てられなかった口調と態度のまま声をかけた。

「あの、徳永さん、徳永さんの記事を書いたのが誰か、わかりました」

「……そうか」

徳永が顔を上げ、瞬を見る。

徳永に動揺《どうよう》は見られず、まっすぐ瞬を見つめてくる。咎《とが》めるような目を向けられたわけではなかったというのに、自然と瞬は言い訳を始めてしまっていた。

「すみません、少し時間がほしいと言われていたのに、勝手にその……」

「ミトモさんか？」

そのくらいしか情報源がないと思われたらしい。ズバリと言い当ててきた徳永に、

「……はい」

と瞬は頷《うなず》くと、状況を説明し始めた。

「ミトモさんの店を訪ねたらちょうど高円寺さんと藤原さんが来合わせて。三人とも徳永さんの記事については知っていて、藤原さんも調べ始めていると……それで、結果がわかったら教えてほしいと頼んでおいたら、さっき藤原さんから連絡があって」

ごくり、と瞬はここで唾《つば》を飲み込んだ。いよいよ名前を告げるときになった、と徳永を見る。徳永の表情は相変わらず読めなかった。不快に思っていないといい。そう願いながら瞬は、知り得た女性の名を告げたのだった。

「小柳朋子という、フリーのルポライターだそうです。年齢は二十六歳」

「以前の名字は佐々田《ささだ》といった。佐々田朋子さん」

と、徳永が淡々と言葉を発する。

「えっ」

「俺がかかわっていた頃の彼女の名だ。今から十年ほど前になる」

「やはり、ご存じだったんですね。彼女が記事を書いたと」

予想どおりではあったが、それでも瞬は驚きを感じていた。

「知っていたわけではなかった。だが、あの写真を見て、もしかしてとは思った。あれを撮ったのは彼女ではないかと」

「……どうして……」

わかったのか。そもそも朋子と徳永の間にはどのようなかかわりがあるのか。すぐにも知りたい。だがどのように聞けばいいのかがわからず、口ごもる。と、今度は徳永のほうから瞬に問いを発してきた。

「藤原さんやミトモさんからの情報について、教えてもらえるか？」

「……っ」

朋子について、詳細を知りたいということかと察した瞬は、息を呑《の》んだ。なぜ知りたいのか。知った結果、何をしようとしているのか。すぐには思いつかなかったが、瞬が伝えなかったら徳永は直接藤原やミトモに聞くだけだとわかるため、

「すみません、ちょっと待ってください」

と断ってから、スマートフォンを取り出し、藤原からのメールを開いた。

「どうぞ。次のメールには写真も添付されてます」

「ありがとう」

徳永が礼を言い、瞬からスマートフォンを受け取る。メールの文面を読む徳永の表情は

相変わらず読めなかったが、顔色はあまりよくないようにも見えていた。

「今はこんなふうなのか……」

写真を見たのか、ぽつ、と呟《つぶや》く。すぐに唇を引き結んだところをみると、自然と口から零《こぼ》れた言葉だったのだろうと瞬は察した。

スマートフォンを返してくれた徳永に瞬は、問い掛けずにはいられなかった。

「『今はこんなふう』ということは、ずっと会ってはいなかったと、そういうことですか？」

「……ああ」

徳永は一瞬答えに詰まったように見えた。が、すぐに彼は頷くと、瞬の問いに対する答えを教えてくれた。

「五年以上、会っていない」

「彼女と徳永さんはどういう関係なんですか」

五年以上会っていなかった女性が、なぜ、今になって徳永の記事を書くのか。あの記事には徳永への悪意が感じられた。徳永に対し、何か負の感情を抱く理由があるということではないかと思う。

元恋人同士とか？　別れる際に揉《も》め、恨まれた——といったことは、徳永とは無縁に思える。しかし、徳永側に問題はなくとも、相手がエキセントリックな女性で恨まれたということは『ない』とは言えなかった。

とはいえ、そんな個人的な恨みで書いた記事というのも違和感がある。五年も会っていない相手であれば、徳永が特殊能力係にいることも知らないのではないか。

だとすると——。

「……彼女は俺が担当した殺人事件の被害者の家族だ」

徳永の返しに瞬は、やはり、と思わず漏《も》れそうになる溜め息を堪《こら》えた。徳永もまた唇を引き結んだあと、小さく息を漏らし、再び話し始める。

「俺が新人の頃に担当した事件だった。彼女の父親が殺され、一年後に母親も同じ犯人に殺された。父親殺害のあと犯人が逮捕されていれば母親まで殺されずにすんだと思っているんだろう」

「……それで両親が亡くなっていると……」

美香から話を聞いたとき、なぜそれを思いつかなかったのか。想像力がなさすぎると瞬は今、猛省していた。

「もう本人とコンタクトを取ったのか？」

徳永の口調は相変わらず淡々としていた。『時間をくれ』と言われていたのに先走ったのかと思われるのは避けたいと、慌てて説明を始める。

「まだです。俺の大学時代のその……友人がマスコミ志望で、新聞社、出版社、受けられるものは全部受けたことを知っていたので、もしや一社くらい面接が被《かぶ》ってないかと思って聞いてみたんです。そうしたら、就活のときにメールアドレスの交換をしたと教えてくれて。でもその後、やりとりは続かなかったそうです。両親が亡くなった話は雑談で出たとのことでした」

「……世間は狭いな。麻生の元カノと彼女に面識があったとは……」

徳永は今、呆然《ぼうぜん》としていた。そして瞬もまた呆然とする。

「元カノってどうしてわかったんですか」

「お前の顔からだ」

「顔？」

どんな顔をしていたのかと、瞬は思わず己の頬《ほお》に手をやったが、すぐ、そんな場合じゃないと我に返った。

「と、ともかく、今は変わっているかもしれないんですが、メールアドレスを聞きました。徳永さんは彼女ともう連絡を取られましたか？」

昨日、時間がほしいと言っていたのは、連絡を取ろうとしていたからではないかと尋ねた瞬の前で、徳永が首を横に振る。

「いや。まだだ。どうやってコンタクトを取ろうかと考えていた」

徳永の眉間《みけん》に微《かす》かに縦皺《たてじわ》が寄っている。もどかしさを感じているのだろうかと、瞬は問いかけを続けた。

「連絡先はわかっているんですか？」

「今の携帯番号やメールアドレスは知らない。五年前に住んでいたアパートは把握《はあく》しているので、そこから辿《たど》るつもりだった」

「……そうなんですか……」

徳永であれば、五年前のアパートから現在の彼女の住居を辿ることも可能なのだろう。しかしそれにはかなり時間がかかるに違いない。それなら、と瞬が思ったと同時に、徳永の声が彼の耳に響く。

「彼女のメールアドレスを教えてもらえるか？」

「それは勿論《もちろん》……でももう二年以上前になりますから、通じるかはわかりません」

「それでもいい」

瞬は美香のメールを開き、徳永のアドレスに転送した。徳永が己のスマートフォンを取り出し、メールを確認するのを見つめながら、瞬は彼と朋子の関係について考えていた。

十年前、朋子は十六歳。両親を殺害されたあと彼女は親戚《しんせき》に引き取られでもして名字が変わったということか。徳永は五年前まで彼女と会っていたという。なぜ、会っていたのか。色々と聞いてみたいが、聞いていいものかと逡巡《しゅんじゅん》していた瞬に徳永が、

「ありがとう」

とスマートフォンから目を上げ礼を言う。

「あ、はい」

「本人に話を聞いてから、お前には話すつもりだったが、今、聞いてもらえるか？」

返事をした瞬に、徳永がそう問い掛けてくる。

「！　はい！」

話してくれるというのか。まだ聞く時期ではないのかと思っていただけに、意外さから瞬の声に力がこもった。結果室内に響き渡ることになり、声の大きさを指摘されるかと身構えた瞬の肩を徳永はぽんと叩くと、少し考えをまとめるような感じで口を閉ざしたあと、話し始めた。

「彼女の家は、都内に支店を四つ持つ、文房具店を経営していた。裕福な家庭で家族は両親と一人娘の彼女の三人、本店の上が住居となっており、そこで三人で暮らしていたんだが、母親と彼女が不在にしていた日の夜、父親が殺害されたんだ。犯人はもと従業員の若

い男で、解雇《かいこ》されたのを恨んでの犯行だった。解雇理由は店の売上げを着服していたというもので、正当な理由があったというから逆恨みだったわけだが、犯人は逃走、初動捜査では別の人間が犯人と見なされていたこともあって逮捕に至らず、全国に指名手配されたまま一年が経過した。そして一年後に同じ犯人が彼女の母親を殺し、自分もその場で自殺をするという事件が起こったんだ」

「それは……」

朋子が警察を恨む理由がわかった、と瞬は息を呑《の》んだ。先程徳永も言っていたが、父親殺害のあとに犯人が逮捕されていれば、母親が死ぬことはなかったと彼女が思わないわけがない。しかし初動捜査のミスに当時新人だった徳永が直接関与していたとは思えないのだがと、瞬は疑問を覚え徳永を見た。聞きたいことがわかったらしく、徳永が再び口を開く。

「父親が亡くなったあと、母親が神経過敏となったことを案じていた彼女は毎日のように警察署を訪れ、捜査状況を聞いてきた。彼女の相手をしたのが俺だったので、それで彼女は俺の顔と名前をよく知っているんだ。母親は精神的に不安定になっていて、自分も殺されるに違いないと恐れていた。捜査はちゃんと継続しているのか、指名手配された犯人はいつ見つかるのかと聞いてくる彼女に俺はいつも『捜査はしている、一日も早く逮捕できるよう尽力している』と判で押したような答えしか告げることができなかった」

徳永がここで口を閉ざし、抑えた溜め息を漏らす。彼の表情から深い悔恨《かいこん》を読み取る瞬の胸にも迫るものがあった。

徳永のせいではないと言いたかった。だがそれは徳永の求めている言葉ではない。それがわかるだけに口を閉ざしていた瞬の前で徳永が再び喋《しゃべ》りだす。

「母親が亡くなったとき、弔問《ちょうもん》にいった俺を彼女は詰《なじ》った。当然だ。その後彼女は地方在住の親戚に引き取られ、顔を合わせることはなくなった」

「五年前に会ったというのは……?」

「彼女の両親の墓が都下の霊園にあり、そこで偶然、会ったんだ。相変わらず彼女は俺のことも警察のことも恨んでいた。少し自暴自棄《じぼうじき》気味に見えたので心配になり、住んでいたアパートを突き止め何度か訪ねたが会ってはもらえなかった」

「……そうだったんですね……」

そんな相槌《あいづち》しか打てないことへの自己嫌悪から瞬は俯《うつむ》いた。徳永の顔を見れば、未だに彼が事件に対し、深い罪悪感を抱いているのがわかる。

新人だった彼にできたことは限られていたはずだ。初動捜査のミスの責任が徳永にあるはずがない。犯人を取り逃がしたのは徳永のせいではないと言いたいが、捜査にかかわっていたので自分にも責任の一端はあると、彼は考えているに違いなかった。

「あの写真は五年前、彼女のアパートを訪れたときに撮られたものではないかと思う。二度と来させないでくれと、もといた所轄《しょかつ》に彼女から写真付きでクレームがきたと聞いている。そのときの写真ではないかと」

言いながら徳永が、自身のスマートフォンの画面を見やる。朋子のメールアドレスを見ている彼に瞬は、聞いていいものか迷いつつ問い掛けた。

「メールをしてみますか？　俺の友人に頼んでみましょうか？」

メールアドレスが生きているかの確認をとってもらうことはできると思う。そう思ったのだが、徳永は首を横に振った。

「いや。お前の友人に迷惑をかけるわけにはいかない。彼女に無断でメールアドレスを教えたことだけでも迷惑となっているだろうから」

「それはそうなんですけど……」

そこはあまり考えていなかった。確かに無断でメールアドレスを他人に教えられたら、いい気持ちはしないだろう。しかし、と言葉を続けかけた瞬に徳永が微笑《ほほえ》む。

「ありがとう。だがこれは俺の問題だ。お前やお前の周囲に迷惑をかけたくはない。何より俺が嫌なんだ」

「徳永さん……」

そう言われてはもう何も言えなくなってしまう。名を呼ぶことしかできなかった瞬に徳永は、

「申し訳ない」

と謝罪の言葉を口にすると立ち上がった。

「お先に」

挨拶《あいさつ》をし、部屋を出ていく彼を呼び止めることが瞬にはできなかった。ドアが閉まると同時に深い溜め息が瞬の口から漏《も》れる。

拒絶されたとは思わなかった。徳永は人一倍、責任感の強い男だ。瞬をかかわらせまいとしているのは、瞬もまた朋子によって『特殊能力係』の一員としてマスコミに晒《さら》されることがないようにと配慮《はいりょ》してくれているからだろう。

だからといって何もしないでいることはできない。しかしどうしたら、と考えていた瞬が手にしていたスマートフォンにメールが届く。

誰からだと見やった瞬は、次の瞬間、慌ててメールを開いた。相手が美香だとわかったからだった。

『小柳さんのこと気になったから、就活で知り合った他の人に聞いてみたんだけど、今、

結構有名になってるって。最近会ったって人から名刺の画像送ってもらったから、転送するね』

「さすがだ……」

昔からまるで変わっていない行動力に感心し、添付された名刺の画像を開く。名前とメールアドレスが書かれただけの名刺だったが、これで最新の連絡先はわかった、と瞬は急いで彼女に返信した。

『ありがとう。助かった。本人に無断でメールアドレスを知らせることになったのは美香にも申し訳なかった』

と、返信はすぐに来て、

『名刺送ってくれた人には許可は取ったよ。彼、今大手新聞社勤務なんだけど、取材のつもりなく喋ったことが記事にされたと怒ってた。さんざん悪口聞かされたけど、正直、意外だったよ。正義感の塊《かたまり》みたいな子だと思っていたから』

とある文面を瞬は興味深く読んだ。美香は、必要なら、新聞社勤務のその男の連絡先も伝えると言ってきてくれたので、ひとまずは大丈夫、と返信を打つと、瞬はその名刺の画像を徳永に『最近取材を受けた相手から送ってもらったそうです』と書き添え、転送した。

徳永からはすぐに返信が来たが、そこには『深謝』の二文字が書かれていただけだった。

どうするか。その文字を見ながら瞬は、自分にできることはないのかと考えたが、いいアイデアは一つも浮かばない。そうだ、彼にも送っておこうと瞬は、その名刺の画像を藤原にも転送した。

間もなく藤原からは返信があったが、そこには礼と共に、彼女が今住んでいると思われる住所が記載されており、さすが、と瞬はまたも感心することになった。

場所は阿佐ヶ谷《あさがや》で、瞬の家からそう遠くない。土地勘のある場所だし、行ってみようと決めるまでに時間はかからなかった。

身支度《みじたく》をすませ、部屋を出ると瞬は、徳永にも知らせておこうと藤原のメールを転送した。きっと徳永は自分が行ってみようとしていることに気づくに違いなく、釘を刺されるのを覚悟していたが、また『深謝』という返信がきただけだった。

訪ねはするがコンタクトを取るつもりはないのだろうと、信頼してくれているのかもしれない。実際、瞬は住所の場所まで行きはするが、訪問まですするつもりはなかった。

建物の外に出て地下鉄の駅を目指す。改札を入ったところで瞬は、目に飛び込んできた一つの顔に驚いたせいで声を上げそうになった。

今、ホームへの階段を降りていこうとしている女性の横顔には、見覚えがありすぎるほどにあった。間違いない。朋子だ。彼女がなぜここにいるのかわからない。もしや記事の続報を書こうとしているのかと思いつつ、瞬の足は自然と彼女を追っていた。

どうやら帰宅するようで、瞬がいつも乗るのと同じホームで地下鉄を待っている。美人だが化粧《けしよう》っ気《け》はない。パーティの写真はフルメイクといっていい状態だったが、もともとの顔立ちがはっきりしているためか、さほど差はないように瞬には感じられた。

尾行してどうするつもりもなかった。話しかけるつもりもない。ここで姿を見つけた偶然が瞬を衝《つ》き動かしているといってよかった。

やはり彼女は帰宅するらしく、南阿佐ヶ谷駅で降りると藤原が教えてくれた住所の方向に歩き始めた。住宅街ゆえ、大勢の乗客が降り同じ方向へと向かっていく。おかげで目立たずにすんだと安堵《あんど》し、瞬もまた少し離れて彼女を追った。住所は頭に入っているので、見失ったらそこに行ってみようと思いつつ、数メートルあとを歩いていた瞬は、やがて、自分と同じように彼女をつけている男がいることに気づいた。

背を向けているのでよくわからないが、若い男のようである。瞬が気づいたのは、男が気配を消そうとしているように見えたからだった。彼女が大通りから路地に入ると、男もまた路地を曲がる。足音を忍ばせているようなのが気になり、瞬もまた足音を忍ばせ、男と彼女のあとに続いた。

さほど遅い時間ではなかったが、次の路地を曲がったとき、彼女と男以外、誰も通行人がいなくなった。と、男が不意に走り出したものだから瞬は驚き、咄嗟《とっさ》にあとを追った。

いきなり背後から駆けてくる足音がしたからだろう。朋子が振り返る。ちょうど街灯の下にいたため、驚いた表情もよく見えた。と、男の右手が挙がる。何か棒状のものを持っていることがわかったため、瞬は思わず男に向かい叫んでいた。

「おい！　何をしてる！」

男がぎょっとしたように振り返る。やはり街灯の下にいた男の顔も瞬は認識することができた。

男は咄嗟に朋子を突き飛ばすと、そのまま駆け去っていった。路上で蹲《うずくま》る朋子に瞬は駆け寄り、

「大丈夫ですかっ」

と声をかける。

「はい……ありがとうございます」

朋子は青い顔をしていた。立ち上がろうとするがなかなかできないでいるので手を貸すと、どうやら倒れたときに足を捻《ひね》ったようで、痛そうな顔になった。

「警察に連絡しましょう」

身体《からだ》を支えてやりながら瞬がそう言うと彼女は、はっとした顔になったあと、首を横に

振った。

「警察は……大丈夫です」

「大丈夫って、今、襲われていましたよね？」

何が大丈夫なのか。わけがわからないと問いを重ねようとした瞬に対し、朋子は、

「大丈夫ですので……ありがとうございました」

と頭を下げると、身体を離そうとした。が、余程痛みを覚えるのか、一歩を踏み出すことができない。

「病院に行きますか？」

拒絶されていることはわかったが、放置もできない。それで声をかけると朋子は瞬を振り返り「いえ」と首を横に振った。

「捻挫《ねんざ》だと思うので……申し訳ないんですが、家はすぐそこなので、送ってもらえますか？」

自力では帰れない状態らしく、朋子が頼んでくる。

「え、あ、はい。それじゃ、肩を貸しますね。つかまってください」

それとも負ぶったほうがいいだろうか。共に歩き出しながら瞬は、朋子の顔を見やった。痛そうにしているが、瞬の支えでなんとか歩けそうではある。青ざめた顔は苦痛に歪んで

おり、本当に大丈夫なのかと心配になった。

「お節介《せっかい》承知で言いますが、家に湿布《しっぷ》とかありますか？　やっぱり病院に行ったほうがいいんじゃないかと思うんですけど」

拒絶を予想し、問い掛けると、予想どおりの答えが返ってくる。

「あります。大丈夫です」

「ならいいんですが……」

これ以上話しかけると、支えもいらないと言われそうだと察し、瞬は黙ったまま歩き続けた。朋子もまた無言で足を進める。

藤原の教えてくれた住所は正しかった。オートロックのマンションの前で朋子は、

「ここで大丈夫です」

と瞬から離れた。

「ありがとうございました」

「いえ。お大事に」

本当に大丈夫かと心配ではあったが、だからといって無理やり部屋の前まで送ると主張はできなかった。

なんとか歩いていたので大丈夫だろうと、彼女がオートロックを解除し中に入るのを確

認すると瞬は、今のことを伝えようとすぐに徳永に電話を入れることにした。

彼女を襲った男の顔は見た。確かに見覚えがあるし、見た場所もわかっている。

それも伝えねば、と徳永の番号を呼び出しかけ始める。

『どうした』

徳永はすぐに電話に出た。

「あのっ」

気持ちが急《せ》いて、うまく話ができない。それでもなんとか状況を説明していた瞬の目は未だ、朋子のマンションのエントランスに注がれていたのだが、それは先程の男が再び彼女を襲うために姿を現すのではないかという用心のためだった。

4

徳永に電話で指示されたとおり、瞬は物陰に身を隠しつつ、朋子のマンションのエントランスを見張っていた。

「お疲れ」

声をかけられたと同時に背後から肩を叩かれ、はっとする。近づいていたことにまったく気づかなかった自分が情けないと落ち込みながらも、まずは謝罪を、と瞬は声の主を──徳永を振り返り頭を下げた。

「勝手なことをしてすみません。地下鉄の駅で彼女を見かけたのでつい、あとをつけてしまって」

「警視庁の近くにいたんだろう？　特殊能力係のネタの第二弾を書こうとしていたんじゃないか？」

徳永の口調は淡々としていたが、声音《こわね》には若干《じやつかん》、怒りが滲《にじ》んでいるようにも聞こえた。

特殊能力係の人員は二名。『第二弾』とは自分のネタを探していたと、そういうことかと瞬は察し、青ざめる。

「特殊能力係についてリークした人間が特定できたと、課長から報告があった。経理部の職員だそうだ。既に懲戒《ちょうかい》処分が下ったとも聞いた」

「……見つかったんですね……」

第二弾が書かれる前でよかったと安堵《あんど》すると同時に、瞬の頭に閃《ひらめ》きが走った。

「あの！　その経理部の職員の写真を見たいんですが！」

「写真？」

訝《いぶか》しそうに問い返してきた徳永が、すぐに納得した顔になる。

「彼女を襲ったのはその職員の可能性が高いということだな？」

確認を取ってきた徳永に瞬は「はい」と大きく頷《うなず》いた。

「ちょうど街灯の下で彼女を襲っていたので、男の顔ははっきり見えました。間違いなく警視庁内で見かけた顔だと思います」

「向こうはお前がわかったようだったか？」

「どうでしょう。ただ、俺の顔は見えなかったんじゃないかと」

自信はないが、と言葉を足した瞬に徳永は「わかった」と頷くと、ポケットからスマートフォンを取り出しかけ始めた。

相手は誰かわからないが、敬語を使っているから上司だろうか。ということは捜査一課長か。と推察しながら瞬が横で聞いていると徳永は、懲戒処分を受けた経理職員の写真を送ってほしいということと、もう一つ、自分たちの代わりに朋子のマンション前を見張る刑事を寄越してほしいと頼み、電話を切った。

「交代が来たらすぐ警視庁に向かう」

「はい。あの、今の電話は」

「ああ、課長だ。事前の報告は済んでいる」

そう答えると徳永は、少し考える素振りとなった。

「あの？」

逡巡《しゅんじゅん》している様子の彼に、何を考えているのかと問い掛けると、瞬が予想もつかなかった答えが返ってくる。

「いや……状況をお前から直接報告させるつもりだったが、記事を書いたのが彼女だとどうやって突きとめたか、その説明を考えていた」

「……知り合いのルポライターに頼んで探ってもらった……というのはちょっとマズそうですね……」

情報屋というのもマズそうだ。しかし直接捜査一課長の前で報告するなどまずないことなので、緊張のあまり言わなくていいことまで喋《しゃべ》ってしまいそうである。それを心配していたのかと瞬は気づき、世話がかかると思われているだろうなと、徳永に対して申し訳なく思った。

「すみません……」

「何を謝る？」

瞬の謝罪に対し、徳永は驚いた顔になったが、すぐ、

「メールが来た」

と瞬に断り、スマートフォンを見やった。

「経理の職員の写真だ。この男だったか？」

「はい、間違いありません！」

徳永のスマートフォンの画面にあったのは予想したとおり、先程朋子を襲った男の写真だった。瞬の言葉を聞くと徳永はすぐに再度捜査一課長に電話をかけ、瞬の言葉を伝えた。

間もなく交代の刑事たちが来たが、一人は小池だった。

「びっくりしましたよ。あの記事のリーク元が警察の職員だってことにも、そいつがルポライターを襲ったってことにも」

やれやれというようにそう言い、瞬に向かって「なあ」と同意を求めてくる。

「はい。どちらも『まさか』です」

同じ気持ちだと頷く瞬の前で徳永がスマートフォンを操作し、画面を小池に見せる。

「これが被害者の写真だ。名前は小柳朋子。出掛けるようなことがもしあれば、身の安全は保証できないと止めてくれ」

「わかりました」

「あの、出掛けるのは無理なんじゃないかと思います。捻挫《ねんざ》していましたし」

言いながら瞬は、彼女はちゃんと手当てできているのかと心配になった。

「職員の身柄が確保できたら、報告がてら彼女を訪ねてみるよ。それまでに部屋番号を調べておく」

「頼んだぞ」

徳永が小池に声をかけ、「任せてください」と胸を張る彼の肩を叩く。部屋番号は藤原に教えてもらったため、既にわかっていた。が、なぜ知っているのかと聞かれたら答えようがないため、瞬は申し訳ないと思いつつ口を閉ざしていた。徳永も同じことを考えたらしく、小池にはそれ以上の言葉を残すことなく、

「行くぞ」

と瞬を振り返り、頷いてみせる。彼と共に瞬は事態の報告のため、警視庁へと向かったのだった。

課長への報告内容は、徳永との間で入念に打ち合わせていたのでなんとか乗り切ることができた。

記事を書いたのが、過去、自分と事件絡みでかかわりのあった小柳朋子と推察した旨《むね》を、徳永が瞬に事前に説明したということにしてくれたので、瞬はほぼ嘘を言わずにすんだ。

駅で彼女を見かけ、尾行をしたのだが、何者かに襲われそうになったので助けた。襲った相手は間違いなく懲戒処分を受けた経理の職員だったと瞬が課長に説明している間に、当該《とうがい》の職員は身柄を確保されたとの連絡が入った。

職員は泥酔《でいすい》して帰宅したところを逮捕されたとのことだった。これで朋子が襲われる心配はなくなったと瞬は安堵したのだが、翌日、小池が朋子に事情聴取に行ったにもかかわらず、襲われた事実はないとけんもほろろに追い返されたと本人から聞かされ、愕然《がくぜん》としてしまったのだった。

「どういうことなんですか？　怪我《けが》、してましたよね？」

「ああ、足を引《ひ》き摺《ず》っていた。あなたを助けた人間もいると言ったんだが、知らないし、職員からのリークをもとに記事を書いたことについては回答を拒否した。あまりに頑《かたく》ななので理由を聞いたら、警察は嫌いだからと言われてしまったよ」

肩を竦《すく》める小池を前に、徳永は口を閉ざしていた。彼女が警察を嫌いになった理由がわかるからと瞬は察したが、小池の耳にはまだ、彼女と徳永との関わりが入っていないらしかった。

「記事の第二弾を書くつもりじゃないかと思うんですよね。といっても、経理の職員はあれ以上のことは喋ってなかったそうです。取り調べの内容、聞きました？」

「いや、詳しくは聞いていない」

徳永が答えると小池は、

「色仕掛けだそうですよ」

と話し始めた。

「あの職員、一人で飲むのが趣味だそうで、行き付けのバーで彼女に声をかけられたそうです。酔いもあって口が軽くなり、話題の特殊能力係について自分の知っていることを話してしまったと言ってました。次に会うときには、瞬が掲載されている社内報のバックナンバーを見せてやると約束していたそうです」

「彼女を襲った理由は？」

徳永の問いに小池が答える。

「懲戒処分《ちょうかい》を受けたからだそうです。彼女に騙《だま》されたせいで、出世の道が途絶えたことを恨んでの犯行と自白しました。彼女がフリーのルポライターだとは知らなかったそうです。バーで問われるがままに『特能《とくのう》』のことを話したのがそのまま記事になり、大問題になった。それでようやく自分がしでかしたことの大きさに気づいたと。彼女との出会いを周囲に自慢していたので、すぐに上司に通報され、懲戒処分が下ったのを恨みに思って彼女を呼び出し、すっぽかしたふうを装《よそお》ってあとをつけ、人気《ひとけ》のないところで襲ったそうです」

「自分が喋ったことを反省しているのか？　彼は」

徳永が呆《あき》れた顔になり小池に問う。

「自業自得《じごうじとく》と、取り調べにあたった刑事に怒られていましたが、どうでしょうねえ」

小池もまた呆れた顔になりつつも「しかし」と言葉を続ける。

「女の方もどうかと思いますよ。ホテルまでは行かなかったと本人は言ってますけど、どうだか。まさに女を武器にしての取材だったそうで。それで彼女も知らぬ存ぜぬを貫いてるんじゃないですかね」

「……どうだろうな」

徳永が短く答え俯《うつむ》く。小池にとっては予想外のリアクションだったようで、

「徳永さん？」

と呼びかける。

「ああ、悪い。報告ありがとう」

徳永が笑顔で礼を言う。小池は釈然としない様子だったが、時間もなかったのか、

「それじゃまた進展があったら報告しますんで」

と言葉を残し、部屋を出ていった。

「お前も見当たり捜査に行くといい」

「はい。あの……」

気持ちを切り換える必要があることはわかっている。しかし、と、どうにも気になっていた瞬は徳永に許可を得ようと彼を見やった。

「なんだ？」

「小柳朋子さんに話を聞きに行ってはいけませんか？」

「駄目だ」

おそらく徳永は瞬の発言を予想していたのだろう。即答といっていい速さの否定に、瞬は思わず息を呑《の》んだ。その間に徳永が言葉を続ける。

「お前は刑事であると名乗ってないんだろう？　もし刑事だとわかれば、特殊能力係の一

員であることが知られるかもしれない。リスクが高いとわかっていて許可するわけにはいかない」

「……はい……」

駄目だったか、と俯いた瞬は、次の瞬間、もしや、と思いつき顔を上げた。

「徳永さん、行こうとしていますか？」

「………」

徳永が珍しく息を呑み、一瞬声を失う。やはりそうだったのかと納得していた瞬に対し、早くも我に返ったらしい徳永が頷《うなず》いてみせた。

「ああ。犯人が逮捕されたことで、俺が彼女の住所を知り得る理由ができた。話を聞きに行くつもりだ」

「俺も……は、無理ですよね」

聞くまでもない、と自分で答えまで告げた瞬を前に徳永が苦笑する。

「ちゃんと報告するから。とはいえ会ってもらえないかもしれないが」

「……あの……」

聞いていいだろうか。しかし本人以外に聞く相手がいない。躊躇《ためら》いはしたが瞬は意を決し徳永に問い掛けた。

「彼女は徳永さんを恨んでいるんでしょうか」

「ああ」

またも即答だったが、徳永の声音《こわね》は淡々としていた。

「彼女の両親の事件の捜査をしていたからですか？　でもそのとき徳永さんは新人だったんですよね？」

捜査責任者を恨むというのならまだわかる。捜査に携《たずさ》わった人間全員が憎いということなのだろうか。警察嫌いと小池に言ったそうだから、警察官全員のことを憎んでいるのかもしれない。

「新人であろうが、犯人を逮捕できなかったからな」

徳永はそう言うと、瞬が何を言うより前に、

「見当たり捜査に向かうように」

と指示を出してきた。

「……わかりました」

徳永の気持ちはわかる。しかし、だからといって今の状況を思うと、朋子への憤《いきどお》りをどうしても感じてしまう。

徳永は今どんな気持ちで、見当たり捜査に出る自分を見送っていることだろう。『特殊

能力係』は徳永の発案でできた部署だという。指名手配犯数百人の顔を覚え込む努力を重ね、市井《しせい》で見つけて逮捕する。どれだけのやり甲斐《がい》を持っていたか、目の当《ま》たりにしているだけに、そんな彼が今、内勤を強《し》いられていることがどれだけつらいか、もどかしいかは、考えずともわかる。

徳永がこうした状況になることを見越して、写真週刊誌に写真を掲載したのだろうか。やり甲斐を奪うことが復讐《ふくしゆう》なのか。両親を亡くされたことは当然、気の毒にも思うし、犯人を逮捕できなかったことに対しては、警察の一員として申し訳なくも思う。しかし、と考えつつ、エントランスから外に出ようとしていた瞬は、背後から声をかけられ、足を止めた。

「麻生君、ちょっといいか？」

「あ、坂本さん」

振り返った先には白衣の男が立っていた。

「徳永、まだ内勤なんだな」

徳永の同期の彼が心配そうな顔で瞬に声をかけてくる。

「はい……」

「記者にリークした奴は見つかったが、だからといって記事がなかったことにはならないからなあ」

やれやれ、というように溜め息を漏《も》らした彼はどこまで知っているのだろう。同期ということなら、新人の頃の話が聞けないだろうか。しかし徳永はあまりいい気持ちがしないかもしれない。逡巡《しゅんじゅん》したものの、知りたいという気持ちが勝り、瞬は自分のほうから坂本に話しかけた。

「あの、坂本さん。短い時間でいいので、お話聞かせてもらえますか？」

「俺に？　ああ、徳永のことか？」

戸惑った顔になったが、すぐに察したらしい坂本は「いいぜ」と笑顔になると、瞬を連れて彼の職場へと向かった。

「まあ、座ってくれ」

小さな会議室で向かい合うと、瞬は早速坂本に問いを発した。

「徳永さんが新人の頃の話なんですが。記事を書いたフリーのルポライターは、徳永さんが新人の頃に捜査した殺人事件の被害者の家族だそうです」

「そうなのか？　どんな事件だ？」

坂本は初耳だったようで、詳しい話を求めてくる。それで瞬は、被害者が大手の文房具店の社長だったこと、犯人は横領をしていた従業員だったが、社長殺害後に逃走したため逮捕には至らず、その後、被害者の妻が同じ犯人に殺されたこと、もし社長が殺された時点で犯人を逮捕できていれば、妻が殺されることもなかっただろうにと、それを恨まれているのではないかと思われることを説明したのだが、坂本は暫《しば》し考えたあとに、

「ああ」

と何か思いついた声を上げた。

「思い出したよ。その事件。捜査本部の陣頭指揮を執《と》ったのが本庁に配属されたばかりのキャリアで、経験がない頭でっかちゆえ、初動捜査にミスが出たんじゃなかったかな。所《しょ》轄《かつ》は捜査方針に反対したが聞き入れられず、結局、最初の事件の犯人を取り逃してしまった。マスコミに情報が流れたら大変なことになると、情報操作を行っていたのがまた腹立たしいと、徳永が昔酔ってこぼしていた記憶があるよ」

「徳永さんが……」

そんな事情があったのかと、瞬は驚きながらも、聞けば聞くほど徳永には責任などないのではと思わずにいられないでいた。

「当時、立て続けに大きな事件が起こったのと、あとは所轄特有の……まあ、警察特有の、か。とにかく上下関係に厳しい空気があって、被害者の家族が来たときの対応はほぼ、徳永に丸投げされていたようなんだ。徳永が配属直後の新人なんてことは家族にはわからな

いから、あれこれ聞いてくるけど何も答えられないのがつらいとも言ってたな。そういや。思い出したよ」

坂本はそう言うと、「まあなあ」と溜め息を漏らす。

「俺は愚痴《ぐち》として聞いてたんだが、どうも徳永は愚痴っていうより、猛省してたみたいなんだよな。仕方ないじゃないかと言ってやっても、相手からしたら自分も捜査に加わっている刑事の一人だからと、ますます落ち込んでいた記憶があるよ」

「……徳永さんらしいです……」

新人の頃から徳永は徳永だった。改めてそう認識し、尊敬の念を深めていた瞬は、坂本に声をかけられ、はっと我に返った。

「徳永の顔を見てくるよ。それじゃ」

「あの、ありがとうございました！」

話を聞けてよかった。礼を言った瞬に坂本は笑顔で頷くと、立ち上がった。瞬もまた立ち上がると彼と共に会議室を出、外を目指す。

見当たり捜査の場所はどこにしよう。徳永からは特に指示が出ていなかったことを今更瞬は思い出していた。徳永の指示を仰《あお》ぐかと考えた直後、あるアイデアを思いつき、どうするかとその場で足を止める。

きっと怒られる。しかし思いついてしまった今、やらないではいられない。迷った結果、瞬は徳永に許可を得ることなく今日の見当たり捜査の場所を阿佐ケ谷に決めた。

駅近くで張っていたら、朋子が通るかもしれないと思ったのだった。よし、と頷き、歩き出そうとしたところで、スマートフォンにメールが着信したのがわかる。誰からだろうと画面を開き、そこに藤原の名を見出《みいだ》した瞬はしまった、と慌ててメールを開いた。

『リークした警察の職員が逮捕されたそうだね。小柳朋子についての調査はもう不要かな？』

「すみません！」

思わず瞬の口から謝罪の言葉が漏れる。調査を頼んでいたのに、こちらからは状況を何も伝えていなかった。猛省しながら瞬はすぐ、藤原に電話をかけた。

『ああ、瞬君、どうした？』

すぐに電話に出た藤原が明るく話しかけてくる。

「あの……！　本当にすみません！　これからちょっとお時間ありますか？」

直接会って謝罪し、そして説明しよう。見当たり捜査にはそのあと向かうことにしようと瞬は独断で決めると、藤原の都合を聞いた。

『わかった。そしたらミトモさんの店に集合でいいかな。ミトモさんも話したいことがあると今、連絡をくれたんだ』

「本当にすみません……！」

ミトモも調査を継続してくれていたとわかり、瞬は彼に対しても罪悪感を抱くこととなった。

とにかく早く行こう。そして謝罪しよう。その思いから駅に向かって走り、地下鉄が新宿駅に到着したあとは、駅からミトモの店に向かい全力疾走したのだった。

「すみません！」

勢いよく店に飛び込んだせいで、カウベルの音がやかましく店内に響く。

「子供は朝から元気ね」

嫌みな声に迎えらえたところをみると、ミトモの機嫌はいいとはいえないようだった。カウンターには既に藤原が座っており、「やあ」と瞬に笑顔を向けてくる。

「本当に申し訳ありません！」

瞬は藤原とミトモに向かい、まずは謝罪と深く頭を下げた。

「なによ。もう小柳朋子については調べがついたから、調べなくてよくなったってわけ？でもってそれをアタシたちに伝えるのをすっかり忘れていたと、そういうこと？」

ミトモの言葉にはこれでもかというほど棘《とげ》がある。しかし怒って当然なのだと瞬は再び二人に深く頭を下げた。

「本当にすみません」

「まだ坊やには早いってことよ。これに懲《こ》りたらもうアタシに仕事を依頼しようなんて思わないことね」

ツンと澄まして告げたミトモに、瞬がまた謝罪しようとするのを藤原が「まあまあ」と間に入ってくる。

「ミトモさん、想定内だったじゃないですか。それよりどういう状況で職員が逮捕されたのか、経緯を教えてもらえるかい？」

藤原のフォローとしかいえないフリに感謝しつつ瞬は、朋子を駅で見かけて尾行している最中、職員に襲われたところを助けたことを説明した。

「もともと駅にいたのは、職員が彼女を呼び出したからで、ドタキャンしたあと、帰宅する彼女のあとをつけて人気《ひとけ》のないところで襲うつもりだったとのことでした」

「なるほど。瞬君はその職員のことを知ってたんだね」

「いえ。前に警視庁内で顔を見たことがあるとは思ったんですが、名前や所属までは知りませんでした」

瞬の答えを聞き、藤原とミトモが顔を見合わせた。

「さすが『忘れない男』」

「敵に回したくないわあ」

肩を竦《すく》めてみせているが、こちらこそ敵になど回したくない、と瞬は改めて頭を下げた。

「ご報告が遅くなり、ほんとに申し訳ありませんでした！」

「報告するのはコッチ。あんたがアタシたちに頼んだんでしょうが」

呆《あき》れた声を上げるミトモの横で藤原が、「そのとおり」と笑っている。

「小柳朋子について、調べたことを報告するよ。両親が殺人事件の被害者だということはもう警察もわかっているんだよね？」

「多分徳永さんから伝わっていると思います」

「徳永さんは当時捜査本部にいたのよね。年代的に新人かしら？」

「新人だったそうです。これはさっき徳永さんの同期の人から聞いたばかりなんですが」

と、瞬は、坂本から聞いた、当時の捜査本部の初動捜査のミスについて二人に話した。

「そうなんだよ。当時の捜査関係者にコンタクトが取れたんで話を聞いたんだが、お粗末すぎて隠蔽《いんぺい》するしかなかったそうだよ。最初そのキャリアはなぜか被害者の妻の犯行と決めつけていたと。妻を取り調べている間に犯人は逃走した挙句《あげく》、一年後に妻がその犯人に殺害されたんだから、お粗末どころじゃないよね」

藤原の声が憤《いきどお》っている。

「で、そのキャリアは?」

「今もしれっと警察の上層部にいる。若い頃の失態なんてもう忘れてるんじゃないかと思うよ」

「酷《ひど》いですね……」

瞬もまた憤りを覚えたが、それなら、と思いついたことを聞いてみる。

「小柳朋子は本当に恨むべきは誰なのかを知らないんでしょうか。どう考えても、当時新人だった徳永さんより捜査責任者のほうが恨むのに相応《ふさわ》しい……って言い方は悪いですが、ともかく、恨むのはそっちじゃないかと」

「俺は身内に高円寺さんという警察官やミトモさんのような優秀な情報屋がいるから、当時の捜査本部についても調べられたけど、彼女は警察関係にそうしたパイプはないみたいだ。まだ若いしね。ただ気になるのが暴力団絡みの噂《うわさ》があることなんだよね」

「暴力団?」

「幹部の愛人なのよ。鹿沼組《かぬまぐみ》っていう新興団体の若頭《わかがしら》のオンナってわけ」

ここでミトモが話を引き継ぐ。

「どうしてそんな……」

確かに朋子は美人だった。ヤクザが目をつけるのも頷《うなず》けるが、もしや望んでなったわけではないのではという瞬の予想は半ば当たった。

「潜入捜査を見抜かれたんだけど、ターゲットだった鹿沼組若頭の才賀《さいが》に気に入られて逆に取り込まれたって話よ。対立組織のヤバいネタを調べさせてるって。そうした利用価値があるから今のところは一応、身の安全は保たれているみたい。シャブ打たれたり、客を取らされたりはしていないようよ」

「……そんな……」

身体《からだ》を張って取材をしているという話は以前にも聞いていた。しかしヤクザの愛人にさせられていたとは、と瞬はショックを受けていた。自分がここまで衝撃を受けるのだから、徳永が知ればどう感じるか。自身を責めるに違いないとわかるだけに瞬は、彼に知らせるのを躊躇《ためら》った。

「彼女のことを心配する前に、徳永さんが心配なんだよ。彼女はおそらく徳永さんを潰すのにも鹿沼組の力を借りようとするのではないかと思う。彼女にとって、両親の捜査に携《たずさ》わった刑事で唯一名前がわかっているのが徳永さんだから。事件当時、彼女を気遣って常に対応していたことが、こんな形であだになるとは、なんともやりきれないものを感じるけれど」

藤原の言葉にミトモが「冗談じゃないわよね」と憤りつつも、

「まあ、鹿沼組もメリットがなければ動かないとは思うけどね」

と頷いてみせる。

「徳永さんは今、特殊能力係、見当たり捜査専門となると、取り込んだところで暴力団にあまりメリットはない……確かにそうだな」

瞬を安心させようとしたのか、藤原もまたそう言い、瞬を見た。

「逆に彼女が鹿沼組に害を及ぼされるようになるほうが早いかもしれない。徳永さんはそれは避けたいんじゃないかな」

「そうですよね……」

自分もまた同じ気持ちだ、と頷いた瞬の口から溜め息が漏《も》れる。

「どうしたの？」

「……彼女に話を聞きにいきたいと徳永さんに言ったんですけど、許可が出なくて」

彼女と話をしたい。今の情報を得たことでその思いはより強くなっていた。暴力団の力を借りてまで徳永に復讐《ふくしゅう》しようとしているかもしれないとなると、見逃せるはずがない。考え直してほしい、恨む相手は徳永ではないはずだと、なんとか説得したい。思い詰める瞬に対し、ミトモが肩を竦める。

「徳永さんはあんたまで記事にならないようにと気遣ってくれてるんでしょ。今のところ、あんたが特殊能力係のメンバーってことは彼女に知られていないんだから」

「ああ、そうか。瞬君は彼女を助けはしたけど、警察官とは名乗ってないんだっけ」

藤原はそう言ったあと、少し考える素振りをしたが、すぐに口を開いた。

「俺が話を聞きに行くのについてくるかい？」

「えっ」

思いもかけない誘いに、瞬は驚きの声を上げた。

「刑事としてじゃなく、俺が見つけた証言者としてついてくるのはどうかなと思ったんだ。彼女が襲われた件について記事を書きたいと申し入れてみるんだよ。自分で言うのも口はばったいけれど、業界では名前が売れているほうだから、過去の事件で警察に手落ちがあったことを世間に知らしめてやろうと誘いを向ければ、彼女も取材を受けてくれるんじゃないかと思うんだ」

「確かにりゅーもんちゃんの記事なら、大手新聞社だろうが雑誌社だろうが、諸手《もろて》を挙げて歓迎するものね。いいんじゃない？」

ミトモもまた同意したが瞬は迷っていた。

徳永の命令に背《そむ》くことになる。それにこれでもし自分が特殊能力係の刑事と彼女に知られたりしたら、瞬もまた見当たり捜査から外れざるを得なくなってしまう。

どうしよう。迷っていた瞬に藤原が笑顔を向ける。

「同行しなくても勿論《もちろん》いいよ。あとから内容はすべて共有してあげるから」

「近くで身を潜めて聞くっていう手もありそうだけど、坊やじゃ『身を潜めて』ることができなそうだし、あとから聞いたほうがいいかもね」

ミトモが意地の悪い目を向けてくる。しかし彼の言うとおりだと瞬は藤原に頭を下げた。

「すみません。あとから教えてもらえますか」

「ああ。徳永さんも本当にいい部下を持ったと思うよ。信頼関係が眩《まぶ》しいな」

瞬を気遣ってくれたようで、藤原が敢《あ》えておちゃらけてみせる。

「それじゃ、早速彼女にコンタクトをとってみる。結果がわかり次第、連絡するから」

「ありがとうございます」

もう感謝しかない。深く頭を下げる瞬の肩を藤原は、気にするなというようにポンと叩くと、

「それじゃ」

とスツールを降り、店を出ていった。

「本当に申し訳ありませんでした」

瞬もスツールを降りると、改めてミトモに対しても深く頭を下げた。

「もういいから、早く帰ってくれない？　普段はもう店閉めてる時間なんだからね」

ミトモなりの気遣いなのか、面倒くさそうに瞬をあしらい、背を向ける。瞬はそんな彼にもう一度、

「ありがとうございました。申し訳ありませんでした」

と頭を下げると、本来の仕事である見当たり捜査に向かうべく、ミトモの店を駆け出したのだった。

5

藤原から連絡がある前まで瞬は、見当たり捜査の場所を阿佐ヶ谷にするつもりだった。しかし藤原が彼女に取材を申し入れ、内容はすべて共有してくれるということになったので赤坂《あかさか》に場所を変え、いつも以上に気合を入れて見当たり捜査にあたっていた。

昼過ぎに藤原から、午後四時に朋子と会う約束を取り付けたとメールが入り、さすが、と感心してしまった。礼を返信すると気になる返信があり、瞬はその場で首を傾《かし》げた。

『俺の前に誰かと会うようなことを言っていた。誰と会うのか探れそうなら探ってみるよ』

誰と会おうとしているのか。瞬が最初に思いついたのは徳永だった。徳永が彼女に会いに行くつもりだと知っていたからだが、徳永のことだからすぐにも向かうものだと思っていたのに、何かで時間がかかったのだろうか。もしや徳永と会った結果、他の相手と会おうとしているのではないかと思いついたとき、瞬は徳永に電話をかけずにはいられなくなった。その相手が暴力団員ではないかと思い当たったからである。

徳永はすぐに電話に出た。周囲の様子から室内にいるようだとわかり、少し安堵《あんど》する。

『どうした』

「あの……本当に申し訳ありません」

最初に謝罪をしたのは、見当たり捜査にかかる前に徳永の許可なく藤原やミトモを訪ねたことを、今更ながら反省したからだった。

『何を謝る』

「実は……」

藤原から連絡があったところから経緯を伝え、あらためて「申し訳ありません」と謝罪をしたあと瞬は徳永に、もう朋子とコンタクトをとったのかと問うた。

『マンションを訪ねたが会うことは拒否された』

徳永が淡々と答える。やはり徳永ではなかったかと瞬は一旦電話を切り、それを藤原に伝えることにした。その前に、とスマートフォンを握り直し徳永に申し出る。

「すみません、藤原さんやミトモさんに聞いた話を共有したいので、一度戻ってもいいでしょうか」

『……』

徳永は即答しなかった。見当たり捜査を中止する理由にならないという叱責を覚悟したが、徳永の逡巡《しゅんじゅん》は瞬への叱責というよりは自身の葛藤《かっとう》によるものだった。

「公私混同甚《はなは》だしいとは思うが、戻って聞かせてもらえるか？」

猛省しているとわかる声音《こわね》に瞬は驚いてしまったが、よく考えると徳永らしいと納得できる。

「すぐ戻ります！」

充分、周囲に聞かれないようにと配慮《はいりょ》はしていたが、それでも外にいるため詳細を語れていなかった。中途半端な情報内に暴力団に関することがあったので、心配しているのだろう。それがわかるだけに瞬はすぐに返事をすると電話を切り、地下鉄の駅を目指して駆け出したのだった。

地下二階の特殊能力係の室内では、徳永が瞬を待ち構えていた。

「どこの組織だ？」

説明を始めるより前に問われ、瞬は慌てて手帳を取り出し、メモした組織名と若頭《わかがしら》の名前を徳永に伝えた。

「鹿沼組の若頭、才賀だそうです」

「新興の団体だな。才賀か……」

徳永の眉間《みけん》の縦皺《たてじわ》が深まる。どうやら団体についても才賀についても知識があるようだと察しつつ、瞬は報告を続けた。

「今のところは小柳朋子に、覚醒剤《かくせいざい》などの被害は及んでいないと、ミトモさんは言ってました」

「……だといいが。才賀は女関係が派手なことでも有名だからな」

抑えた溜め息を漏《も》らし、徳永はそう告げたが、瞬に聞かせるというより心の声が漏れたという感じだった。

「徳永さんは彼女と何か話せましたか？」

会うことは拒否されたと聞いたが、会話はできたのだろうか。聞いていいものか迷いはしたが、もし何か話しているのならそれを藤原には伝えておいたほうがいいかもしれないと思い、瞬は徳永に問いかけた。

「いや。話すことはないと、けんもほろろだった。インターホン越しに断られ、会ってはもらえなかった」

「そうだったんですね……」

すみません、と謝りながら瞬は、それでは彼女は藤原の前に誰と会うつもりなのだろうと考えた。

「忙しいので帰ってくれと言われた。特殊能力係に関する取材ならこれ以上は勘弁してもらえないかと申し入れたが、ニュアンス的に別の取材のようだった。特殊能力係については俺を晒《さら》したことで彼女的には満足したような気がする」

「なんの取材なんでしょう」

「さあ。その辺りは藤原さんのほうがわかりそうだ」

徳永がまた、抑えた溜め息を漏らす。

「誰と会うか、探れそうなら探ると言ってました」

報告を待つしかないか、と瞬は頷《うなず》くと、

「今夜にでも、ミトモさんや藤原さんに話を聞きに行きますか？」

と徳永に問いかけた。

「行きたいのは山々だが、当面外出は控えようと思っている。特に麻生と出かけることは避けたほうがいいだろう。世間一般に俺の顔が知られたとはさすがに思っていないが、それこそ暴力団関係者やこれまで捜査にかかわった事件関係者は、写真週刊誌に掲載された写真で、俺が特殊能力係にいるとわかってしまっただろうから」

徳永と一緒にいれば瞬もまた特殊能力係の一員だと気づかれるかもしれない。それを気にしてくれているとわかるだけに、それでも一緒に行こうとは言えなくなってしまった。

「わかりました。徳永さんの分も聞いてきます」

「ああ、頼む」

頭を下げられ、たまらない気持ちになる。しかしたまらないのは自分以上に徳永本人のはずだとわかるだけに、瞬はその思いを口にすることは避けると、

「それでは見当たり捜査に戻ります」

と告げ、特殊能力係をあとにしたのだった。


藤原から瞬のスマートフォンに連絡が入ったのは、そろそろ見当たり捜査を切り上げようとしていた午後六時半過ぎだった。

『ミトモさんの店に集合でいいかな』

「わかりました。すぐ向かいます」

瞬は即答すると、徳永にその旨《むね》連絡を入れ、戻りが遅くなると伝えた。

『わかった。ここには戻らず、俺の家に来てもらえるとありがたいんだが』

徳永の申し出を断る理由はなく、瞬は「わかりました」と返事をすると電話を切り、すぐにミトモの店を目指した。

中野《なかの》で見当たり捜査を行なっていたため、あまり時間をかけることなく新宿二丁目には到着できたのだが、朝のこともあって、瞬はどんな顔をして店に入ればいいかと躊躇《ためら》った。が、時間が惜しい、と意を決してドアを開く。

「失礼します」

カウベルの音が響く中、声をかけ中に入ると、藤原はもうカウンターに座っており、焼きそばを食べているところだった。隣には新宿西署の刑事、高円寺もいて同じく焼きそばを食べている。

「おう、瞬、お前も食うか？　ミトモの唯一の得意料理の焼きそば、美味《うま》いぞ」

「唯一とは失礼ね。あんたにふるまってないだけで得意料理は山ほどあるわよ」

ミトモは悪態をついたが、瞬が遠慮していると、

「食べるんでしょ」

と、朝のことなどすっかり忘れた様子で声をかけてくれ、すぐに瞬にも焼きそばを作って提供してくれた。

「ありがとうございます。美味《おい》しいです」

世辞《せじ》ではなく本当に美味で、自然と食べるスピードが上がる。それを見てミトモは満足そうな顔をしていたが、すぐ、

「で？　取材の内容はどうだったのよ」

と、食べ終わりかけていた藤原に話を振ってくれた。

「彼女の許可を得て録音した。それを聞いてもらったほうが正しく伝わるとは思うんだがなんていうか……危うい子で心配になったよ」

「危うい？」

「危機管理意識が薄いってこと？　自暴自棄《じぼうじき》になってるとか？」

ミトモの問いに藤原が頷く。

「どちらかといえば後者かな。ヤクザの愛人になったことで、もうまともには生きられないと諦めたというのもあると思うけど」

言いながら藤原がポケットから取り出した小型の音声レコーダーを操作し、再生を始める。

『録音の許可、ありがとうございます。それではまず、写真週刊誌のこの記事について教えてください。この写真は随分《ずいぶん》古いもののようですが、個人的にこの刑事と面識があったんですか？』

『ええ。まあ』

『もしかしてご両親の事件の捜査担当者だったとか？』

　ズバッと斬り込む藤原に、ただ聞いているだけの瞬までドキッとする。当事者である朋子も相当驚いたようで、

『どうして……』

と絶句し、暫《しばら》く喋《しゃべ》れない状態が続いた。

『すみません、インタビュー前に色々調べさせてもらいました。ご両親の事件は、本当にやりきれないものがあったのではと思います』

　黙り込んだ朋子の口を開かせようとする藤原の言葉が続く。

『この写真とイニシャルのおかげで、私も特殊能力係の刑事の一人を特定することができました。徳永潤一郎警部、三十五歳。以前は捜査一課で通常の捜査を担当していた。それより前の所属は追えていませんが、もしやご両親の事件を担当した所轄《しょかつ》にいたんですか？』

『……藤原さんって、評判どおりのやり手ですね』

　ようやく朋子が口を開いたが、発言は問いに対する答えではなく、藤原への賞賛だった。

『はは、褒《ほ》め言葉として受け取っていいですかね。それとも嫌みでしょうか。詮索《せんさく》されて怒りました？』

『普通に驚いたんです。記事を書いたのが私だとわかったことにも驚いたし、情報を入手

した警察の職員に襲われたことを知っていたのも驚きでした。どういう情報網《もう》を持ってるんですか？　闇ルートってことでもなさそうですし』

『闇ルートって、たとえば暴力団関係ですか？　あなたみたいに』

　またも藤原がズバッと斬り込む。

『……本当になんでも知ってるんですね』

　朋子は一瞬息を呑《の》んだが、立ち直りは先程より早かった。

『鹿沼組の若頭《わかがしら》もあなたのバックを知らなかった。聞き出せるようならやってみろと言われたけど、無理そうですね』

『そんなふうにあなたの手の内を明かしていいんですか？』

『ええ。無駄な努力はしたくないから』

　朋子は吐き捨てるようにそう告げたあと、ようやく話を戻した。が、口調はがらりと変わっていた。

『徳永刑事のことだったわよね。あなたが言ったとおり、両親の事件の捜査本部にいた一人だった。事件の捜査についても調べた？　最初警察は母を犯人と見込んでたの。夫婦仲に問題があったんじゃないかって。おかげで犯人を取り逃した。母は次は自分が殺されるのではとひどく怯《おび》えていたのに、警察は何もしてくれなかった。指名手配した犯人も逮捕できなくて、一年後に母はその男に殺された。もし警察が父を殺害した犯人としてそいつを逮捕していれば、母は死なずにすんだのに。そういうこと、調べてくれた？』

『いや。そこまでは』

『そう。古い事件ですもんね。あの頃、私はまだ高校に上がったばっかりで、どうやって声を上げたらいいのかわからなかった。警察の威信に関わるからか、ニュースにも全然ならなかった。報道規制が敷かれていたのかもね』

『徳永刑事の年齢からして、事件当時は新人だったんじゃないですか？　彼が何かミスをしたと、そういうことなのかな？　新人のミスがそこまで捜査に影響するとはちょっと思えないんですが』

『ミスがあったかどうかは知らないわ。わかってるのは徳永刑事が当時捜査本部にいたってことだけ』

『他の刑事は？　所轄だけじゃなく本庁の刑事もいたんじゃないですか？』

『知らないわ。調べたかったけど、調べる手立てがなかった』

『徳永刑事が捜査本部にいたことがわかったのは？』

『父が亡くなったあと、捜査はどうなっているのか、よく警察署を訪ねたの。そのときにいつも出てきて話をしてくれたのが徳永刑事だった。新人だから面倒くさい役目を押し付けられたんでしょうね。母が亡くなったあと、私の様子を見にきたことも何度かあった。写真はそのとき撮ったのよ。もう来ないでほしかったから』

『俺はてっきりあなたが徳永刑事に何かしらの恨みを持っていて、それで今回、見当たり捜査官としての彼の顔や名前を世間にバレるような形で晒《さら》したのかと思ってたんです。でも話を聞くと、徳永刑事が恨まれる理由がちょっとわからなくなってしまいました。本当に恨むべきは当時の捜査責任者ということにはなりませんか？　徳永刑事は事件が解決したあとも、あなたを心配していたんですよね？』

藤原が戸惑った声を出している。演技ではなく本当に戸惑っているようだと思う瞬もまた戸惑っていた。今までの説明では、彼女が徳永をそうも恨む理由がわからなかったからである。

なので朋子が、

『……恨んでます』

と答えたことにも驚き、理由を知りたくなった。藤原も同じだったようで、

『どうして？』

と尋ねている。朋子は冷静になったのか、今迄《いままで》のぞんざいなものからもとの口調に戻っていた。

『……自分でも、理不尽《りふじん》だとはわかってるんです。徳永刑事にとってはとばっちりでしかないということもわかってます。でも……徳永さん以外、恨む相手がいないんです』

『それは……』

藤原が思わず言いかけた言葉は多分、自分と同じようなものに違いない。瞬もまたその場で呟《つぶや》きかけた。が、続く朋子の言葉を聞いては、何も言えなくなってしまったのだった。

『恨んでいたといっても、常に復讐《ふくしゅう》のチャンスを狙っていたとかではないんです。でも最近、警視庁に見当たり捜査専門の部署ができて効果をあげているというマスコミ発表を見て、この「特殊能力係」が昔からあったとしたら、父を殺した犯人は一年間も逃走し続けられなかったんじゃないかと、どうしても当時のことを思い出してしまって。興味を持ったこともあって、口の軽そうな警察職員に接触し、係のメンバーを聞いたときの私の驚き……わかりますか？』

朋子の声に、一気に憎悪が漲《みなぎ》ったのが、顔を見ずとも感じられる。思わず息を呑んだ瞬の耳に、怒りを含んだ——同時にひどくつらそうでもある彼女の声が響いた。

『徳永刑事が三、四年前に特殊能力係を作ったんだと聞いたときに、無性に腹が立ったんです。よりにもよってあの人だったなんて。父を殺した犯人を取り逃した挙句《あげく》、指名手配されたあとでも見つけることもできなかったあの人が見当たり捜査で成果を上げているなんて。花形みたいに扱われていることがまた、許せなかった。私の父親が殺されたときにはなんの役にも立っていなかったくせに。それで顔を晒してやれという気持ちになりました。見当たり捜査官は顔を知られるのがネックと、ニュース特番でも言っていたので』

『徳永刑事に見当たり捜査官をやめさせたかった』

『ええ。写真週刊誌では一旦掲載を断られたんです。ここまで見当たり捜査官が特定できるような記事は載せられないと。警察に睨《にら》まれるのが怖かったんでしょう。鹿沼組に圧力をかけてもらってようやくでした』

『……先程ご自身でも言ってましたけど、理不尽ですよね。徳永さんはご両親の事件のときは新人で、被害者家族のあなたへのフォローを任されていただけだった。事件のあと、あなたを案じて訪ねたのはおそらく上からの命令ではなく、彼自身があなたを気にかけていたからでしょう』

『……藤原さん、徳永刑事に随分《ずいぶん》思い入れがあるようですけど、お知り合いなんですか?』

瞬の気持ちそのものを告げていた藤原に対し、疑念を持った朋子が問い掛けてくる。もしこれが自分であったら、あからさまに動揺《どうよう》しただろうと思いつつ聞いていた瞬の耳には、

『いえ。面識はありません。ただの感想です』

と、しれっと返す藤原のごく自然な声が響いてきた。

『そうですか。私のこと、記事にするつもりですか？　理不尽な女だって』

対する朋子はムッとした口調になっている。自分と同い年の彼女と藤原を比べるのは酷《こく》だが、こうしてつっかかってしまうのは経験の浅さゆえかもしれない。そんなことを考えていることがわかったのか、藤原が瞬に無言のまま肩を竦《すく》めてみせた。

『理不尽とは書きませんよ。ご両親の事件のことを書くつもりです。もう少し調べてからになりますが。よろしいですか？』

『……事件のことなら私がすべてお話しします。調べなくても書けるはずです』

『自分の足で調査しない記事は書けませんよ』

藤原の言葉には棘《とげ》がある。朋子は自分の『足』ではなく『女』を使って記事を書いていることを暗に責めているのではと瞬は感じたが、朋子もまた己への批難を悟っていた。

『嫌みですか。私への』

『そういう意図はありません』

『とにかく、調査はしないでください。するというのなら掲載は許可しません』

『許可』

藤原の冷笑が声からもわかった。お前は許可など得ていないだろうと言いたいのもわかったのだろう、朋子が立ち上がる気配がした。

『私のバックには誰がいるか、言いましたよね』

捨て台詞《ぜりふ》を残し、立ち去っていった様子が聞こえてくる音声をここで藤原が切った。

「虎の威《い》を借る……ね。痛いところを衝《つ》かれてむっとして帰るだなんて、まだまだ青いわねえ」

ミトモは呆《あき》れてみせたあと、眉《まゆ》を顰《ひそ》め藤原に問う。

「でもなんで、両親の事件について、調べるのをあんなに拒否したのかしら。犯人は彼女の母親を殺したあとに自殺しているんでしょう?」

「俺も気になって高円寺さんに当時の捜査資料を調べてもらったんです」

皆の視線が高円寺に集まる。

「今更調べられて困るようなことは特になかったぜ。会社の経営は健全だったし、被害者二人に犯罪歴はなかった。気になったのは社長夫人の事情聴取だ。事件当日の彼女の居場所が二転三転してるんだよ。まあ、夫を殺されて動揺していただけかもしれないが、それで容疑者扱いされたのかもな」

「夫婦仲はどうだったの?」

ミトモが瞬の気になることを聞いてくれる。

「ごく普通だったようだぜ。不仲ではなかった」

「妻は事件のとき結局どこにいたの？」

「最終的には百貨店で買い物中だったということになっていた。裏を取っている間に、真犯人が浮上したようだったな」

「真犯人は横領を理由に解雇《かいこ》された従業員だったわよね。その辺は？」

「不当解雇ってことはなかったみたいだぜ。横領の裏も取っていた」

「……確かに、今更調査されて困るようなことはなさそうですね」

藤原が首を傾《かし》げる。

「強《し》いて言えば母親が容疑者とされたことくらいですかね。しかし警察がいかに無能だったかの証明になることだから、そこは隠そうとは思わないか」

「あの」

ひっかかることがあり、瞬はここで声を上げた。

「どうした、ボーズ」

高円寺が笑顔で声をかける。

「真犯人に目が向いたのはどういう経緯だったんですか？」

「従業員への聞き込みで、横領の事実が浮上したんだ。事情聴取に行ったときには既に高飛びされたあとで、その後の捜査で奴が凶器のナイフを買っていたことがわかった。指名手配されたのはそのあとで、事件発生から二日が経っていた」

「そりゃひどい。よく問題になりませんでしたね」

藤原が呆れた声を上げるのに、

「キャリアのデビュー戦だったからな。揉《も》み消したんだろう」

と高円寺が不快そうな顔で肩を竦める。

「……逆に事件を再調査してほしいと言われたほうが納得できます。彼女は当時十五歳？　十六歳？　でしたっけ。警察の内部事情を知ることは難しいでしょうが、母親が疑われていたことくらいは理解していたんじゃないでしょうか」

藤原が首を傾げ、瞬もまた同じ疑問を持つ。

「ともあれ、この音声データは瞬君にあげるよ。コピーは取ってあるからこのレコーダーごと持っていってくれていい。次に会ったときにでも返してくれればいいからね。勿論《もちろん》、徳永さんとも共有してくれてかまわないから」

「すみません、ありがとうございます。あの、依頼料、やはり払います」

記事にできれば藤原も掲載媒体《ばいたい》から報酬《ほうしゅう》を得ることができただろうが、今の状態では無理そうである。タダ働きをさせるわけにはいかないと、瞬は申し出たのだが、藤原は笑顔で断ってきた。

「ミトモさんじゃないけど、子供が気にすることじゃないから」

「しかし……」

「いいって言ってるでしょ。それよりそれ、早くマイダーリンに届けてあげなさいよ」

「『ダーリン』は勿論徳永のことな。まあ、ミトモのダーリンじゃないんだけどよ」

横から高円寺が茶々《ちゃちゃ》を入れつつ、瞬を送り出そうとする。本当に申し訳ない。そしてありがたいと感謝の念を募《つの》らせながら瞬は、

「本当にありがとうございます！」

と三人に対して深く頭を下げると、藤原から受け取った音声レコーダーを握り締め、店をあとにしたのだった。

瞬はすぐ徳永に連絡を入れ、彼のマンションを目指した。

「悪かったな。メシは？」

「ミトモさんが焼きそばを作ってくれました」

「そうか」

徳永の家の冷蔵庫には水とビール以外は入っていないことは、訪れる機会が多い瞬はよ

く知っていた。が、聞いてくれたということは何か用意していたのだろうか。それは申し訳なかったと考えたがすぐ、それどころじゃなかったと思い直し、瞬はポケットから音声レコーダーを取り出した。

「藤原さんが取材時、許可を得て録音したデータをくれました。再生します」

再生ボタンを押し、先程聞いたばかりの藤原と朋子の会話を流す。徳永は真剣な顔で聞いていたが、表情がいつになく強張《こわば》っているように見えることに瞬は気づいていた。

話題が徳永のことになったときには、時折目を閉じていたが、怒りを覚えている様子はなかった。朋子が席を立ち、音声が途絶えたあとも、徳永は目を閉じたまま、暫《しばら》く何も言わなかった。

「あの……もう一度、聞きますか?」

話すきっかけがほしくて、おずおずと瞬がそう問い掛けると、徳永は少し考える素振りをしたあと「ああ」と頷《うなず》いて寄越した。

もう一度再生している間、瞬はどうしても徳永の表情を窺《うかが》ってしまっていた。顔を凝視されるなど、いい気持ちはしないだろうとわかっているのに、気づけば視線を向けてしまっている。二回目の再生中、徳永はほぼ表情を変えなかった。感情が少しも読めないが、それは瞬の目を気にしたというわけではなく、捜査モードに入ったからではないかと、瞬はそう感じたのだった。

　聞き終わると徳永は彼の考えを話し出した。

「両親の事件について、当時、世間にも警察にも明かされなかったことを調べられたくないんだな、彼女は」

「被害者側に何か非があるとかですかね」

　録音を聞いてからずっと瞬は考えていたが、思いついたのはそのくらいだった。

「取引先や顧客《こきゃく》、それに従業員からの評判は社長も社長夫人もよかったように思う。一方、加害者の評判は悪かった。実際横領もしていた上に、勤務態度にも問題があった。女癖も悪かったので、解雇されたときにも他の従業員からの同情は一切なく、クビになって当然といった受け止められ方をしていた。彼が犯人ではないかと言い出したのも当時の従業員だったと記憶している」

「……となるとやはりわかりませんね……」

　何を隠したいのだろう。いくら考えても瞬の頭にはこれという案は浮かばなかった。一方徳永は、と彼を見ると、視線に気づいたらしく徳永は何かを言いかけ、黙る。

「徳永さん？」

　もしや心当たりがあるのではと、瞬が問い掛けると徳永は、そうだ、というように頷いてから口を開いた。

「……被疑者死亡で送致《そうち》されたために、捜査は言い方は悪いが通《とお》り一遍《いっぺん》のものになった。当初、妻を容疑者扱いしていたことがマスコミに流れないようにという配慮《はいりょ》もあったからではないかと思う。解雇を恨んでの犯行という動機にもひっかかるものがあったので、その後も裏取り捜査は続けていたんだが、どうも社長夫人と加害者は男女の仲だったのではという線が出てきたんだ。解雇理由は横領だけでなく、妻と不貞《ふてい》関係を結んだこともあったんじゃないかと」

「不倫《ふりん》をしていたということですか？」

そんな、と驚きから瞬は思わず確認を取ってしまった。

「ああ。ただ、証拠を揃えることはできなかった。二人とも亡くなっていた上に、他の従業員で二人の不倫関係に気づいている人間はいなかったのではないかと思う。単にかかわりあいになりたくなくて口を閉ざしていただけかもしれないが」

「彼女が隠したかったのは、母親の不倫……？」

だからこそ、ああも頑《かたく》なに調査を拒否したのかと、瞬は納得していた。

「その可能性は高い」

頷いた徳永に問いを重ねる。

「事件当時から知っていたんでしょうか」

「知っている様子はなかったように思う。母親も隠しただろうから」

「……そうですよね……」

不倫していたなど、母親も娘に知らせたくはないだろう。しかもその相手が夫を――朋子の父親を殺したのである。明かせるはずがない、と思うと同時に、瞬は別のことにも気づいていた。

「……あの。今思ったんですけど、母親は最初から犯人が不倫相手だと気づいていたんじゃないでしょうか。それで事情聴取の際、様子がおかしかったのでは」

「……おそらく、そうだろうな」

徳永が押し殺したような声で同意を示す。もしも警察にそれを明かしていれば、犯人の逃走も防げただろうし、何より母親が殺されることもなかったのではないか。

そして朋子も――彼女もまた、同じ思いを抱いているのではないか。

『でも……徳永さん以外、恨む相手がいないんです』

レコーダーから聞こえてきた朋子の声が瞬の耳に蘇《よみがえ》る。理不尽《りふじん》だとわかっていると本人も告げていたが、憎しみを向ける相手が徳永しかいないという彼女の追い詰められた思いを、瞬は初めて理解できたような気がしていた。

6

翌日も瞬は一人で見当たり捜査に当たっていた。徳永の見当たり捜査への復帰時期は未定のままで、一体いつになるのかと、本人以上に瞬はもどかしさを覚えていた。

捜査場所は、瞬の判断に任せるということだったので、新宿を選んだ。慣れた場所であったし、今までに指名手配犯を数名、見つけ出したことがあったからだが、今日も見当たり捜査の真似事《まねごと》をしている男を立て続けに二人も見つけてしまって、憂鬱《ゆううつ》な気持ちになったのだった。

一人は学生で、もう一人は老人だった。どちらも目を皿のようにして通行人を目で追っている。気づいたあとには、瞬は早々に場所を変えたが、午後になり、瞬が見張っていた場所に学生のほうが移ってきたので、またも場所を変えざるを得なくなった。

前にも同じことがあった。この分だと徳永の復帰にも時間がかかりそうだと、溜め息を漏《も》らしかけた瞬は唇を引き結ぶと、次は渋谷《しぶや》にでも行こうかと思いつつ、駅へと向かおうとした。

「！」

視線の先、見覚えのある顔が現れたことで、思わず声を上げそうになる。駅から瞬のいるほうへと歩いてくるのは間違いなく朋子だった。偶然がすぎる、と驚きながらも瞬は咄《とっ》嗟《さ》に人波に身を隠すと、彼女のあとを追うことにした。

足はもう痛まないようで、歩調が速い。歌舞伎町《かぶきちょう》へと向かっているようだが、もしや愛人だという暴力団幹部のもとに行こうとしているのだろうか。彼女は後ろ盾だと思っているようだし、実際、力を貸してもいるのだろうが、暴力団がなんの見返りもなく動くわけがない。

その『見返り』が彼女の身の安全を脅《おびや》かすことではないという保証はない。否《いな》、それ以外に考えられない。徳永が心配している様子を思い出していた瞬もまた、彼女の身を案じていた。

徳永が見当たり捜査に出られなくなった原因を作ったのは彼女ではあるし、その理由もまた理不尽なものだとは思うのだが、それでも責めることを躊躇《ためら》ってしまう。

捜査にはかかわっていただろうが、徳永に責任はない。それどころか、被害者の身内である彼女の身を案じ、事件解決後も気にかけ、様子を見に行っていたという。それゆえ朋子は徳永の顔も名も覚え、恨みをぶつけられることになったが、徳永はそのことについて、憤《いきどお》りを感じるどころか、当然のことのように受け入れていた。

そこが徳永なのだ。自分が同じ目に遭《あ》ったとしたら、きっとマイナス感情を抱いてしまうだろうに、徳永は、捜査に携《たずさ》わっていたのは事実だからと、朋子の憎しみも恨みもすべて受け入れ、贖《あがな》おうとしている。本当に尊敬しかない。そんなことを考えながらも瞬は、大勢の人でごった返す歌舞伎町で、朋子の姿を見失わないよう気を配りつつあとを追っていた。

店が建ち並ぶ大きな通りでは人波に紛《まぎ》れることができたが、朋子はそのまま繁華街《はんかがい》を突っ切り、細い路地へと向かっていく。人通りがない場所での尾行となることに緊張感を高めながら瞬は、できるだけ距離を取りつつ、朋子に続いて路地を曲がった。

朋子は細いビルの中に入っていこうとしていた。さすがに中までは追えないかと、瞬は足を止め、ちょうど背の高い看板が路上に出ていた、その陰に身を潜めた。彼女が出てくるのを待つことにしたのである。

店舗《てんぽ》ではなく、事務所が入っているような古びたビルである。一応徳永に連絡を入れておこうかとスマートフォンを取り出した瞬の視界に、見るからに暴力団の構成員といったチンピラ風の男が三人歩いてきたかと思うと、朋子が入ったビルの中へと彼らもまた入っていった。

偶然か。それとも彼女に用があるのか。嫌な予感がする、と瞬もビルへと向かって駆け出す。

「なんなのよ、あなたたち！」

瞬の予感は当たった。朋子のものと思われる声が、階段上から響いてくる。もしや危害を加えられようとしているのかと、瞬は迷わずビル内に飛び込み、入口すぐのところにある階段を駆け上った。

「何をしている！」

案《あん》の定《じょう》、朋子は先程のチンピラ三人に囲まれ、一人に腕を摑《つか》まれていた。今にも拉致《らち》されようとしているように見えると大きな声を上げた瞬を、チンピラたちが振り返る。

「なんだ、てめえは」

「関係ない奴は引っ込んでろや」

チンピラたちは完全に瞬を舐《な》めきっていた。脅《おど》せば即座に退散すると思ったらしく、ドスのきいた声で威嚇《いかく》してくる。

彼らが武器を持っているかどうかは、ぱっと見、わからなかった。銃は勿論《もちろん》、ナイフであっても、三対一となれば勝てる見込みはない。

しかしもしここで立ち去れば、朋子は拉致されてしまうに違いない。彼女の顔にも、瞬が突然現れたことへの驚愕《きょうがく》の表情は浮かんでいたが、それ以上に恐怖を覚えているのが白いほどに青ざめたその顔色からわかった。

見捨てるわけにはいかない。応援を呼ぶ時間がないのなら、と瞬はスーツの内ポケットに手を入れると警察手帳を取り出し、彼らに示した。

「警察だ。何をしていたか、聞かせてもらおうか。彼女を拉致しようとしていたんじゃないか？」

刑事であることを示せば、逆に危険が増す可能性については、瞬も考えていた。そのときには何があっても朋子を守りきるつもりでいたのだが、幸いなことにチンピラたちは、警察の関与を避けたいと願ってくれたようだった。

「拉致なんてしねえよ」

「知り合いだから声かけただけじゃねえか」

誤魔化《ごまか》そうとする彼らに、瞬を力でどうこうしようとする素振りは、今のところ見られない。

「あなたからも事情を聞かせてもらいます。一緒に来てください」

瞬は敢《あ》えて朋子の名を出さずに声をかけた。朋子もまた、警察の関与は望んでいないようだったが、身の危険を避けるには仕方がないというように頷《うなず》いた。

「……わかりました」

二人して階段を降りたのだが、背後から痛いほどの視線を感じる。このまま無事に逃げるにはまず、彼らの目を逃れることだと、瞬はビルの外に出ると朋子の手首を摑んだ。

「なによっ」

「とにかく、逃げましょう！」

声をかけ、走る。朋子は瞬の手を振り払おうとしていたようだが、それを許さず大通りを目指した。

「離して！」

「奴らが追ってきたらどうするんです！」

ちょうど走ってきたタクシーに手を挙げ、朋子を先に押し込んでから自分も乗り込む。

行き先がすぐに思いつかなかったため、瞬は運転手に、取り敢えず真っ直ぐ、と指示をし、追っ手がいないか確かめるためにリアウインドウを振り返った。

その様子を隣で見ていた朋子が、はっとした顔になる。

「あなた……！　あの夜、私を助けてくれた……！　何よ、刑事だったの？」

ごく近くから顔を凝視することとなったために、彼女はそのことに気づいてしまったようだった。

「どういうこと？　私を尾行していたの？　今日も、あのときも！」

「いや、違います。あ、いや」

実際、尾行はしていた。が、今日も、そして彼女が襲われた夜も、偶然見かけてあとを追っただけで、これという目的があるわけではなかった。しかしそれをどう説明すればいいのかと、混乱していた瞬の横で、朋子が怒声を張り上げる。

「とにかく降ろして。なぜ警察につれていかれなきゃならないの！」

「連れていくつもりはないです。あの男たちがあなたを拉致しようとしているように見えたので、助けようとしただけです」

「関係ないでしょう、あなたには」

朋子が吐き捨て、瞬を睨《にら》み付ける。

「いいから早く降ろしてください」

「大丈夫なんですか？　ここで車を降りたら、あの男たちにまた拉致されるんじゃないですか？」

瞬の問い掛けに朋子が何かを答えようとし、ぐっと詰まる。彼女もまた身の危険を感じているのだとわかるだけに瞬は、どうしたらいいのかと暫《しば》し考えを巡らせた。

「家まで送りましょうか？　それとも家も危険ですか？」

「………」

朋子が瞬の問いかけを無視し、そっぽを向く。多分、危険ということなんだろうと判断し、瞬は問いを重ねた。

「彼らがどこの誰かということはわかってますか？　暴力団の構成員だったらどこの組かだけでも」

「………」

またも黙《だんま》りだが、これはわかっていて黙っているのか、それともわからないのか、どちらだろう。判断がつかない、と瞬は尚も朋子に話しかけた。

「身の安全を図れる場所はありますか？　友達の家とか。信頼できる知り合いのいるところとか」

「……そんな人は……いません」

そっぽを向いたまま、朋子がそう吐き捨てる。瞬はてっきり彼女が、愛人だという鹿沼組の若頭《わかがしら》の名を告げるものだと思っていた。が、それをしないというのは、自分が警察官だからか、それとも、と新たな可能性を思いつき、瞬は慄然とした。

もしや先程のチンピラは、鹿沼組のチンピラではないのか。となると彼女が頼れる人間は誰もいないということになる。どうしたらいいのか。考えたのは一瞬だった。瞬はポケットからスマートフォンを取り出すと、徳永の番号を呼び出しかけ始めた。

『どうした』

ワンコールで電話に出た徳永の声は、朋子の耳には届いていないと思われる。しかし間もなく知られることだと瞬は腹を括《くく》った。

「すみません、事情はあとから説明しますが、これからその……小柳朋子さんを連れていくことになります」

自分のフルネームが語られたことで、朋子がはっとしたように顔を上げる。しかし受けた衝撃は彼女よりも、電話の向こうの徳永のほうが大きいようだった。

『どういうことだ？』

「……他に行き場所がないというか、その……」

事情を話したかったが、タクシー運転手に聞かれるのは躊躇《ためら》われ、言葉を濁《にご》す。徳永は納得していないようではあったが、少しの沈黙のあと、

『わかった』

と結局は許可してくれた。礼を言い、電話を切ると、朋子が訝《いぶか》しそうに瞬を見やりつつ問い掛けてきた。

「どうして私の名を？　やっぱり私を尾行していたの？」

「違います。事情はあとで説明しますので」

「あとっていつよ」

「それは……」

答える前に瞬は運転手に、目的地を告げた。

「警視庁、お願いします」

「警視庁ですって⁉」

朋子がぎょっとした顔になる。

「取り敢えず、一番安全な場所だと思います」

「そりゃ……」

確かに安全だとは思ったのだろう。何か言い返しかけていた朋子が途中で言葉を止める。しかし彼女の表情は険しく、不信感と怒りをこれでもかというほど瞬に感じさせていた。

「到着したら、事情を話します」

瞬がそう言うと朋子は無言のまま、ふいと横を向いた。瞬とは反対側の車窓《しゃそう》を眺める彼女はそれから一言も口をきかず、警視庁に到着するまで車内には沈黙が流れ続けた。

地下に向かうエレベーターに乗り込むとき、朋子は不審そうな顔になった。特殊能力係がどこにあるかまでは、例の警察職員から聞き出せていなかったのかと思いつつ、瞬は徳永が待つ自分の職場を目指した。

いつもはノックなどしないが、今日は朋子を連れているため、一応ノックをしてからドアを開く。

「すみません、戻りました」

声をかけた瞬の背後から室内を見た朋子が、驚きの声を上げる。

「徳永……刑事？」

「……どうも」

徳永が立ち上がり、頭を下げる。朋子はどういう反応を見せるのかと、瞬は彼女を振り返った。朋子も瞬を見やり口を開く。

「……あなたが、『特殊能力係』のもう一人のメンバーってこと？」

「……はい」

嘘をついたとしても、結局は気づかれるに違いない。彼女が再び『特殊能力係』の記事を雑誌社に売り込む可能性は勿論《もちろん》あったが、まずは信頼関係を築きたいと、瞬は彼女に対し頷いた。

嘘や誤魔化《ごまか》しがあることがわかれば、心を開いてもらえないだろう。彼女は今、危機的状況にあるのではないかと思われる。信頼関係を結んだあとなら、頼りたいと思ってもらえるのではと、瞬はそう考えたのだった。

「……そう……」

あっさり認めたからか、朋子が拍子抜けといった顔になる。

「それより何があったんだ」

徳永に問われ、瞬は事情を説明しようとした。が、その前に、と朋子に問う。

「あの、コーヒー、飲みませんか?」

「……え……?」

飲み物を勧められるとは思っていなかったのか、朋子が眉《まゆ》を顰《ひそ》め、瞬を見る。

「淹《い》れてこよう」

徳永が立ち上がり、バックヤードに向かおうとすると、彼女は、はっとした顔となり、乱暴にこう言い放った。

「いりませんからっ」

徳永の動きが止まり、再び椅子《いす》に腰を下ろす。頑《かたく》なな彼女の態度に瞬は顔を顰《しか》めそうになったが、徳永は表情を変えることがなかった。慣れてしまっているのかもしれないと思いつつ、瞬は彼女を連れ帰ることになった理由を話し始めた。

「新宿駅前で彼女を偶然見かけ、気になってあとを追ったところ、歌舞伎町でチンピラに襲われそうになっていたため、声をかけました」

「チンピラ?」

徳永が瞬に問い返しつつ、朋子を見る。

「鹿沼組のチンピラではないかと」

瞬が鹿沼組の名を出すと、朋子は瞬を睨みつけてきた。が、肯定も否定もすることなく、すっと下を向くとそのまま何も言葉を発しようとしなかった。

「鹿沼組のチンピラに襲われる理由に心当たりはありますか?」

徳永が朋子に問い掛ける。が、朋子は徳永を無視し、俯《うつむ》いたままでいた。徳永が彼女をちらと見たあと、瞬に視線を向ける。

「あ、はい。わかりました」

指示を受けずとも、実際鹿沼組のチンピラであることを確認せよということだろうと察し、瞬は返事をすると執務室を出ようとした。と、そんな瞬の耳に、朋子の苛立《いらだ》った声が響く。

「これ、別に取り調べじゃないんでしょ? もう帰りたいんだけど」

「危険はないんですか?」

徳永は朋子の顔を覗《のぞ》き込もうとするが、朋子は決して視線を合わせようとしなかった。

「あったとしても、関係ないでしょう」

憎々しげに吐き捨ててはいるが、彼女の顔色が悪いことに瞬は気づいた。恐怖を感じている様子から、危険を察知しているとわかる。

「危険があるのなら、帰すわけにはいきません」

徳永の口調は淡々としていたが、声には抗《あらが》いがたい響きが籠《こ》もっていた。朋子がはっとした顔になり、顔を上げて徳永を見る。

「……別に、犯罪にかかわることをしているわけじゃないわ。私はただ、取材をしていただけだから」

暫《しばら》く見つめ合っていた二人の様子を目の当《ま》たりにし、部屋を出るのを躊躇《ためら》っていた瞬の前で、朋子が溜め息を漏《も》らしつつ口を開く。

「……取材内容がおそらく鹿沼組にとって、不利益となることだったから、チンピラを使って脅《おど》してきたのよ。多分」

彼女が語っているのは、先程徳永が問うた『襲われた理由』だった。答える気になったのか、と安堵《あんど》していた瞬に、徳永の視線が移る。

「コーヒーを淹れてもらえるか?」

鹿沼組のチンピラであることは朋子が自ら語ったため、確かめる必要はなくなった。自分にも話を聞かせてくれようとしているとわかり、感謝の念を抱きつつ、瞬は焦ってバックヤードに行き、コーヒーを淹れて戻ってきた。

「どうぞ」

「……どうも」

瞬が朋子の前にコーヒーを置くと、朋子は短く礼を言ってきて、きっと無視されるに違いないと考えていた瞬を驚かせた。少し気持ちが落ち着いたのだろうか。彼女の全身を覆《おお》っていた針のような緊張感が、収まってきているようにも感じられる。それを更に促すためには、コーヒーの香りはいい働きをするのではないかという瞬の予感は当たった。

コーヒーを啜《すす》った朋子が、徳永の問いを受け、ぽつぽつと答え始めたのである。

「鹿沼組のチンピラは脅しをかけてきただけですか？　あなたにそれ以上の危害を加えるつもりはなかったと思いますか？」

「……わかりません」

俯く彼女に、徳永が言葉をかける。

「ヤクザには人の命を奪うことをなんとも思っていない人間が多い。身の危険を感じるのであれば、警察を頼ってもらえないでしょうか。お願いします」

「……警察なんて……」

徳永の前で俯いたまま、朋子がぼそりと呟《つぶや》く。

「……警察なんて、なんの頼りにもならなかったくせに」

「…………申し訳ない」

朋子の言葉に、徳永はすぐに反応した。深く頭を下げる彼を朋子がじっと見つめ、やがて口を開く。

「父が殺されたときには母を疑って、犯人を取り逃がした。母はずっと犯人が殺しに来ると怯《おび》えていたのに、聞く耳を持ってもくれなかった。毎日毎日、警察署に通って、捜査はどうなっているのか、どうして犯人は逮捕されないのかと尋ねても、ちゃんと捜査しているとしか言われなくて。結果、母も同じ犯人に殺された。警察は本当に無能だった。父が殺されたときに犯人を逮捕さえしていれば、母は死なずにすんだのに……！」

呪詛《じゅそ》のように低い声で恨み言を告げる彼女に、再度徳永が詫《わ》びる。

「……申し訳ない」

深く頭を下げる彼の姿を見ていられなくなり、瞬は思わず二人の間に割って入ろうとした。が、それより前に朋子の叫びが室内に響き渡った。

「どうして……！　どうしていつも、謝るんですか……っ！」

「……っ」

彼女は何を言いたいのか。唖然《あぜん》としていた瞬の前で、朋子は徳永に喚《わめ》き続けた。

「あなたが謝るから、私はあなたを許すことができない。憎み続けるのも、恨み続けるのも、全部あなたが謝るから……っ……どうして……どうして謝るのよ……っ」

「あの……っ」

酷《ひど》い言いようだ、と、瞬は堪《たま》らず口を挟んだ。が、

「なによ！」

と振り返った朋子の目から溢《あふ》れる涙を見ては、何も言えなくなってしまった。

「……あなたのせいよ……っ……あなたが……あなたが優しいから私は……っ」

発言では徳永を責めている。しかし今や彼女の声は震え、止めどない涙が頬《ほお》を伝って流れ落ちては、彼女の服を濡らしていた。

「あなたが……あなたが……っ」

徳永はそんな彼女の前でずっと頭を下げていた。やがて彼女の嗚咽《おえつ》が収まり、すすり泣く音だけが室内に響き始める。

「………」

どうぞ、というように徳永がポケットから取り出したハンカチを朋子に差し出す。朋子

は顔を上げ、徳永の顔と差し出されたハンカチを代わる代わるに見たあと、聞こえないような声で「ありがとうございます」と礼を言ってからハンカチを受け取り、それで涙を拭《ぬぐ》った。

「……すみません。取り乱しまして」

暫くして気持ちが落ち着いてきた様子の朋子が、徳永に向かい頭を下げた。

「いや」

徳永が短く答えたあと、静かな口調で言葉を足す。

「あなたの言うとおりかもしれない。己の罪悪感を謝罪という安直な形で紛《まぎ》らわせようとしていたのだから、憎まれて当然です」

「……もういいんです」

朋子が首を横に振り、言葉を続ける。

「当然なんかじゃない。私のほうが安直に憎しみのぶつけどころをあなたにしていた。捜査を担当していた人をあなたしか知らなかったから」

そして顔を上げて徳永を見ると、ぽつぽつと話しはじめた。

「頭ではわかっていたんです。あなたには感謝こそすれ、憎む相手ではないなんてことは……母が殺され、犯人は自殺して、事件は終わったのに……もう警察は捜査をする必要はないのに、あなたはうちのお墓に参っていてくれた。五年以上経ったあとも私を心配して、様子を見に来てくれた。そんなことをしてくれたのは、警察官の中であなただけだったのに。私は……」

また、涙が込み上げてきたのか、朋子は言葉を途切れさせたが、気を取り直したようで深く息を吐くと、再び話し出した。

「なのにあなたはこうして、今も私を助けてくれようとしている。見当たり捜査官であることを全国に晒《さら》した私を……。あなたには憎まれても恨まれても仕方のないことをしたというのに」

「誰であろうが、危険に晒されている人がいたら我々警察は守ります」

徳永が静かな口調で言葉を挟む。朋子はそれを聞き、泣き笑いのような表情となった。

「……そうやって、私に気を遣わせまいとする。徳永さんは優しすぎます」

彼女の言うとおりだ。瞬もまた徳永の優しさに胸を熱くしていた。徳永は更に気を遣わせまいとしたのか、彼女に何かを言いかける。が、それに被《かぶ》せるようにして、朋子は言葉を続けた。

「……私には徳永さんに……警察に、謝らなければならないことがあります。母と犯人は、男女の仲にありました。それが解雇《かいこ》の理由でもあったんです。横領よりも父は母に手を出したことに怒っていたそうです。それで母と私がいないときを狙って、その人を呼び出し、解雇を言い渡した。そのことを事前に母は父から聞いていたので、父を殺した犯人が誰か、すぐにわかったはずなのに、警察には言わなかった。犯人が捕まれば自分の不倫《ふりん》の事実が明るみに出ると思ったから……。もし、母が正直に警察に話していたら、逃走前に犯人を逮捕することができたかもしれないし、そうなれば母も死なずに済んだ。自業自得《じごうじとく》でもあったんです。母の死は」

「……どうしてそれを……?」

徳永が朋子を気遣いながら、静かに問う。

「母の部屋を整理していたときに日記を見つけました。内容を読んで愕然《がくぜん》としました。知りたくなかった。信じられなかった。でも日記に嘘は書かないでしょう。事実と認めざるを得なかったのに、私はそれをあなたにも警察にも隠していた。隠した上で、母の死はあなたのせいだ、警察のせいだと責め続けてきたんです。本当に申し訳……」

「謝らないでください」

朋子の謝罪を、今度は徳永が遮《さえぎ》る。

「あなたが謝る必要はない」

「徳永さん……やはり、知っていたんですね」

驚きを見せなかったことでそうと察した朋子は、呆然《ぼうぜん》としたようにそう言ったあと、再び深く頭を下げた。

「……謝らせてください。私に……」

「…………」

謝罪を許されなければ、朋子の罪悪感は和《やわ》らぐことはないのかもしれない。そう思いながら見ていた先で、徳永が手を伸ばし、その手を朋子の肩に置く。

「警察があなたのお母さんを救えなかったことは事実です。そして指名手配された犯人を一年間も見付けることができなかったのも事実です。だからこそ私は、見当たり捜査に特化した課が必要だと考えたんです。過去の事件を風化させないためにも」

「……それなら特殊能力係ができたのは……」

朋子の顔が歪む。

「私は……私は……」

「大丈夫です。特殊能力係はこれからもなくなったりはしない。あなたが心配することは何もありません」

両手に顔を伏せ、再び嗚咽を漏《も》らし始めた朋子の両肩をしっかりと摑《つか》み、徳永が優しく声をかける。

「ごめんなさい……っ」

涙の合間に謝罪を繰り返す彼女を、そしてそんな彼女を温かく見つめる徳永を、瞬もまた胸を熱く滾《たぎ》らせながら見つめていた。

ひとしきり泣いたあと、朋子は疲れたのか少しぼんやりした顔で座っていた。そんな彼女のために瞬はコーヒーを淹《い》れ直したのだが、朋子は今迄《いままで》の態度を一変させ、

「どうもありがとうございます」

と瞬に対してもも丁寧《ていねい》に礼を言い、瞬を戸惑わせた。

「今の状況を聞かせてもらえますか？　身の危険を感じているんですよね？」

徳永が敢《あ》えて作ったと思える、淡々とした口調で問い掛ける。

「はい……鹿沼組の……才賀のところの若い衆に拉致《らち》されかけました。どうしてあの場に彼らが来たかはわからないのですが……」

「他の人と待ち合わせていたんですね？」

「はい。取材を申し入れた人に、あの場所を指定されましたが、そのことを才賀は知らないはずでした」

「先程あなたが言ったとおり、鹿沼組が、その取材をあなたがするのを望まなかったということでしょうか」

「実はそれもわかりません……仮にもしそうであれば、才賀から直接私に連絡が来るのではないかと思うのですが、そうしなかったのはなぜなのか……」

「どこへ連れていくといったことは、言っていましたか？」

徳永の問いに朋子が首を横に振る。

「いいえ。何も言わずに襲いかかってきたので驚いていたところに、この人が飛び込んできてくれて」

『この人』と言いながら、朋子が視線を瞬に向ける。そういえば名乗っていなかった、と瞬は彼女に頭を下げた。

「麻生です」

「……記事にはしませんから安心してください。あなたが二年目で記憶力が抜群《ばつぐん》にいいという、徳永さんの部下なんですね」

朋子が微笑《ほほえ》み、そう言ったあとに頭を下げる。

「ちゃんとお礼も言えてなくて申し訳ありません。助けてくださりありがとうございました。一度ならず二度までも」

「いいえ。ご無事でよかったです」

慌てて頭を下げ返した瞬を見て、徳永はふっと笑ったが、すぐに表情を引き締めると朋子への質問を再開した。

「新宿で誰と会う予定だったのか、教えてもらえますか?」

「それは……ちょっと言えません。相手に迷惑がかかるので」

「えっ」

まさかの拒絶に、瞬は思わず声を漏らしてしまった。朋子がそれに反応し、二人に対して、

「申し訳ありません」

と頭を下げる。

「ジャーナリストと名乗るのもおこがましいですが、取材相手に無許可のまま、他人に明かすことはできません。特に警察のかたには……」

俯《うつむ》いたまま朋子はそう言うと再び、

「本当に申し訳ありません」

と頭を下げる。

「犯罪にかかわる内容ですか?」

徳永にむっとした様子はない。淡々と問い掛ける彼を見て、瞬は、さすが、と心の中で感心していた。

自分が話を聞いていたとしたら、平静ではいられなかっただろう。感情的になっていいことなど一つもないとわかるだけに、見習わねば、と密かに心に誓う。

「いえ。今のところは」

朋子が言葉を選んでいるのがわかる。今、彼女が追っているのはなんなのだろうと、瞬は一人首を傾《かし》げた。

そういえば藤原の取材前にも、人と会う約束をしていた。同じ相手なのか聞いてみたいが、藤原の名を出すわけにはいかないと思い留まる。

「わかりました」

徳永は早々に質問を切り上げ、新たな質問を彼女に発する。

「あなたの家は当然、才賀も把握《はあく》していますよね。どこか安全な場所に身を寄せたほうがいいのではと思いますが、心当たりはありますか？」

「……ありません。友人もいませんし、親戚《しんせき》に迷惑をかけるわけにはいきませんし……」

俯いた朋子に、相変わらず淡々とした声音《こわね》で徳永が言葉をかける。

「それではこちらでホテルを用意しましょう。あなたの名前ではなく、別の名前で滞在すれば居場所を知られなくてすみます」

「でも、そこまでしていただくわけには……」

躊躇《ためら》いを見せる朋子に、徳永がきっぱりと言い放つ。

「身の危険を感じている相手を、我々が見過ごすことはできません」

「……徳永さん……」

朋子が徳永の名を呼び、顔を見つめる。警察への信頼を求める徳永に対し、彼女がどう答えるのかと瞬が見守る中、朋子は、

「申し訳ありません。よろしくお願いいたします」

と徳永に向かい深く頭を下げてみせ、瞬の胸に安堵《あんど》と熱い想いを呼び起こしてくれたのだった。

7

朋子のホテルの手配について、徳永は捜査一課を頼った。捜査一課はそうしたホテルの候補をいくつか抑えていることと、もう一つ、朋子の身の安全のために、暫《しばら》く護衛をつけてもらうことが目的だった。

鹿沼組の動向については、通称マル暴、組織犯罪対策部に依頼した。

朋子をホテルに送る役目は、ちょうど手が空《あ》いていた小池が受け持つこととなり、地下二階の執務室にやってきた彼に徳永は、

「よろしく頼む」

と頭を下げていた。

「まかせてください。チェックインも俺の名前でしますんで」

笑顔で頷《うなず》く小池に朋子もまた、

「よろしくお願いします」

と頭を下げた。

「あなたの家を見てきます。鍵《かぎ》を貸してもらえますか？」

そんな彼女に徳永がそう声をかける。

「はい。あの……」

朋子は一瞬何かを言いかけたが、徳永が見つめていると、

「いえ、なんでもないです」

と首を横に振り、キーホルダーを手渡してきた。

「何か持ってきてほしいものがあるんですか？」

彼女が躊躇って言わなかった望みを、察した上で問い掛ける。さすがだ、と瞬は尊敬の眼差《まなざ》しを徳永に向けずにはいられなかった。

「あ、あの……はい」

それでも朋子は躊躇《ちゆうちょ》してみせたが、やがて意を決したように、目線を真っ直ぐに徳永へと向け口を開いた。

「本当に申し訳ないのですが、パソコンを取ってきてもらえるでしょうか」

「パソコンですね。わかりました」

徳永が淡々と承諾《しょうだく》する。

「申し訳ありません。よろしくお願いします」

朋子は恐縮して深く頭を下げたあとに、小池に伴《ともな》われ部屋を出ていった。

「我々は彼女の部屋に向かう。場所はわかっているよな？」

「はい！」

徳永も共に出掛けることができるのか。内勤がずっと続いていたため、そんな場合ではないとわかりつつも自然と声が弾む。案《あん》の定《じょう》、睨《にら》まれてしまったが嬉しさのほうが勝り、駐車場を目指す間も瞬はずっと微笑んでしまっていた。

運転は、朋子の家を知っている瞬が担当することになった。到着までの間に徳永は、瞬の代わりに藤原に連絡を入れ、朋子が襲われたことや今、警察の保護下にあることを電話で報告した上で、朋子が何を調査していたか心当たりがないかを聞いていた。

スピーカー状態にしてくれたため、瞬も藤原の返しを聞くことができた。

『各出版社にリサーチをかけてみます。ちょっと時間もらえますか？　ああ、あと、鹿沼組についてはミトモさんに繋《つな》いでおきます』

「ありがとうございます。よろしくお願いします」

徳永が礼を言い、電話を切る。そういえばちゃんと報告していなかった、と、瞬は慌てて徳永に対し口を開いた。

「すみません、実はミトモさんも藤原さんも、報酬《ほうしゅう》なしで協力してくれているんです」

徳永は少し驚いたように目を見開いたものの、

「……そうか」

と言っただけで、それ以外のコメントはなかった。

「すみません……」

そもそもミトモは徳永の『情報屋』であって、瞬とはなんのかかわりもない。今回、ミトモが依頼を受けてくれたのは、徳永に関することだったからで、そうでなければあっさり断られていただろう。

勝手に人脈を使おうとしたことをまず詫《わ》びねば、と思っていた瞬に、徳永が淡々と言葉を発する。

「支払いは俺がしておくから、気にしなくていい。俺からなら二人とも謝礼を受け取ってくれるはずだ」

「……はい。申し訳ありませんでした……」

正式なクライアントになり得るのは徳永だけということなのだろう。もっと徳永のもとで経験を積み、一人前と認めてもらえるようになれば、謝礼を受け取ってもらえるだろうか。それ以前の問題として、依頼を受けてくれるのだろうか。いつしか考え込んでいた瞬は、徳永の声にはっと我に返った。

「間もなく着くな」

「……っ。はい」

しまった。今はそれどころではなかったと気持ちを引き締め、前方を見やる。一人前になりたかったら、まず目の前の仕事をこなすこと。一足飛《いっそくと》びになれるはずがないのだからと自分に言い聞かせ、その後は運転に集中し目的地を目指した。

交通渋滞もなかったので、朋子のマンションには三十分ほどで到着した。彼女に借りた鍵でオートロックを解除し、建物内に入るとエレベーターを目指す。

五階建てのマンションの四階に朋子の部屋はあった。廊下《ろうか》を進んで一番奥まったところにある部屋のドアの鍵穴に鍵を刺す。

「え？」

カチャ、と音がしたのでノブを回したが鍵がかかっていた。となると、もしや施錠《せじょう》されていなかったのだろうか。嫌な予感がする、と瞬は、もう一度鍵を回し、解錠すると、室内に足を踏み入れた。徳永もまたあとに続く。

「な……っ」

瞬が絶句してしまったのは、室内が『片づいていない』レベルを遙《はる》かに超え、荒れ果てていたからだった。

あきらかに何者かによるもので、何かを捜していたらしい。

「パソコン！」

朋子に持ってきてほしいと言われていたパソコンをまずは捜そうと、瞬は室内を見渡したが、どうやら持ち去られているようだった。

徳永はすぐに捜査一課に連絡を入れると、ポケットから手袋を取り出した。しまった、持っていない、と焦っている瞬にも「ほら」とポケットからもう一組出した手袋を差し出してくる。

「ありがとうございます。すみません……」

見当たり捜査では指紋を気にすることがほぼないので、手袋は携帯していなかった。しかし、何があるかわからないのだから次からは必ず持つようにしようと肝《きも》に銘《めい》じつつ、瞬は礼を言って手袋を受け取りはめると、徳永と一緒に部屋の中を調べ始めた。

「やはりパソコンは持ち去られているな。鹿沼組がやったのか、それとも彼女の調査対象の仕業《しわざ》か……」

一通り室内を捜し終えたあたりで、所轄《しょかつ》と捜査一課の刑事が到着したため、徳永は瞬と共に朋子の部屋を出ると車に戻り、彼女が滞在することになったホテルに電話をかけた。

携帯電話はGPSで居場所を特定される可能性があるから電源を切っておくことにしたためで、ホテルのフロントが徳永からの通話を受けるか朋子に確認してからようやく繋いでくれたが、部屋が荒らされていたことを伝えると電話の向こうで朋子は絶句し、暫く言葉を発することができなくなった。

「今、誰があなたの部屋を荒らしたかを、捜査しています。パソコンが持ち去られていたことから、あなたが調査していることと関連があるのではと思われますが、何を調査していたか、教えてもらえますか？」

『それは……』

朋子は尚も言い淀《よど》んでいる。今回もスピーカーホンにしてくれているおかげで、瞬も朋子の声を聞くことができていた。

徳永もそのまま口を閉ざし、沈黙の時間が一分近く流れた。

『すみません……取材先に許可を取ってからでもいいでしょうか』

沈黙を破ったのは朋子だった。硬い声は彼女の意志の強さを感じさせた。

もし徳永が『ノー』と言った上で取材先を聞いても、彼女は決して明かしはしないだろう。徳永もまた同じように感じたらしく、「わかりました」と返事をし、別の問いを発した。

「いつ、その人に確認を取りますか？」

『すぐに連絡を入れてみます」

「携帯の電源を入れなくても連絡先はわかりますか?」

「はい。手帳に書いてあるので、ホテルから……あ』

朋子が言葉を途切れさせた理由もまた、徳永は簡単に察した。

「ホテルに手を回して、かけた番号を調べたりはしませんから」

『……すみません……確認取れ次第、すぐご連絡しますので』

申し訳なさそうな声でそう告げると朋子は電話を切った。

「まだ警察を信用できないんでしょうか」

徳永への信頼は生まれていると思うのだが。問い掛けた瞬に対し徳永が唇を引き結び、小首を傾《かし》げるような素振りをしたあと、静かに首を横に振る。

「彼女ではなく、取材相手が警察とのかかわりを避けているような人物ということではないかと思う」

「まさか犯罪者……とか」

だとしたら、許可を与えはしないだろう。しかし朋子は何を取材しようとしていたのか。

やはり彼女がどこに電話をしたのか、ホテルに問い合わせるしか知る術《すべ》はないような。

とはいえ、もしそれをしたら朋子の徳永への信頼がまた失なわれてしまう。せっかく歩み寄りを見せてくれたのに、と、自然と唇を嚙《か》んでいた瞬の耳に、徳永のスマートフォンから着信を伝えるバイブ音が響いてきた。

「藤原さんだ」

画面を見てかけてきた相手を確かめ、瞬にも教えてくれたあとに、電話に出る。

「徳永です。え？」

よほど衝撃的な内容だったのか、徳永が珍しく仰天《ぎょうてん》した声を上げる。

「なんだって!?」

「……っ」

何事だ、と、瞬はびくっと身体《からだ》を震わせてしまった。

「……ありがとうございます。はい……はい、よろしくお願いします」

心持ち青ざめた顔になっていた徳永が通話を終える。何があったのかと瞬が問うより前に徳永が呆然《ぼうぜん》としたまま、口を開いた。

「鹿沼組の組事務所が爆破されたそうだ」

「ば、爆破!?」

徳永が驚くわけだと、納得している心の余裕はなく、瞬もまた大きな声を上げてしまっていた。

「幹部が揃っているときを狙われたそうで、組は潰滅《かいめつ》状態らしい」

言いながら徳永がスマートフォンを操作しどこかにかけ始める。

「徳永です。鹿沼組の件ですが……そうですか。はい、それではまた」

短い通話だったが、かけた先も徳永はすぐに教えてくれた。

「マル暴に確認をとった。組長をはじめとする幹部はほぼ即死だそうだ」

「抗争とかでしょうか……」

このタイミングで。偶然にしても、と首を傾げていた瞬に向かい、徳永もまた首を傾げる。

「犯人についてはまだ何もわかっていないようだ。抗争がなかったわけでもないだろうが、一触即発《いっしょくそくはつ》といった話は聞いていなかった。俺もタイミングが気になっている」

「小柳さんを拉致《らち》しそこなったから……？」

口にはしたものの、それが組事務所を爆破されることに繋《つな》がっているとは瞬には思えなかった。

そして、と、気になることを徳永に問う。

「幹部が死亡しているということは、若頭《わかがしら》の才賀もですか？」

「おそらく」

頷《うなず》いたあと徳永は、少し考える素振りをしてから、再び電話をかけ始めた。ホテルのフロント宛《あ》てで、先程同様、刑事であることを名乗った上で、朋子の部屋を呼び出すよう頼んでいる。

なかなか話し出さないのは、電話が繋がらないからか。まだ朋子は取材相手と電話中なのか、それとも手が離せない状態なのか。外出したということはないだろうが、と瞬もまた無言のまま、徳永が口を開くのを待っていた。

「……はい。そうですか」

やがて徳永が喋《しゃべ》り出したが、相手はフロント係のようだった。電話が通じない、もしくは、繋ぐのを拒否されたとか？　難しい表情となった徳永の端整な顔を見つめていた瞬をちらと見たあと、徳永が再び口を開く。

「お手数ですが、部屋を見てきてもらえませんか？　はい、室内にいることがわかれば問題ありません。お忙しいところ申し訳ありません」

どうやら電話の呼び出しに応答しなかったようだ。それで出掛けたのではないかと、徳永は心配になったのだろう。

取材相手と会おうとしているのではないか。しかし自分の身に危険が迫っていることはわかっているはずだ。鹿沼組のチンピラに連れ去られかけたことといい、部屋が荒らされていたことといい。それがわかった上で出掛けようとするだろうか。

「あ」

もし、鹿沼組が爆破されたと情報が入れば、危険はなくなったと思い、出掛けることもあるだろうか。しかしその情報はどこから？　スマートフォンはＧＰＳの位置情報を取得されることを恐れ、電源を入れていないはずだ。ネットのニュースになっていて、それを見たとか？　いや、パソコンは彼女の手元にない。テレビ等のニュースではさすがにまだ放映されていないだろう。

「……そうですか。すみません、すぐ伺《うかが》います」

徳永の声に瞬は我に返った。その様子だと、と問い掛け確認を取る。

「部屋にいなかったんですね？」

「ああ。小池に連絡を入れる。我々もホテルに向かおう」

徳永の表情は厳しかった。朋子がホテルからいなくなるとは想像していなかったようだと思いつつ、瞬は「わかりました」と返事をし、再びホテルを目指した。

朋子の不在を伝えた小池は、すぐ数名を連れてホテルに向かうとのことだった。ホテル内を捜索するつもりだとわかり、もしや徳永は朋子が自ら姿を消したとは思っていないのかと瞬は察したが、彼自身の意見は違った。

彼女があのホテルに匿《かくま》われていることは、警察の人間以外誰も知らないはずだ。彼女自身が明かさない限り――と、ここで瞬は、取材相手には明かしたかもしれないという可能性に気づいた。

となると、自分で姿を消したと決めつけるわけにはいかないか。とはいえ、彼女が取材相手に連絡を入れたのはつい先程といっていい時間だ。そこから行動を起こすとなると、時間が足りないのではないだろうか。

ハンドルを握りながら瞬は、時折助手席の徳永を見やった。徳永は無言のまま、厳しい顔で何かを考えている様子だった。

『何か』は勿論《もちろん》、朋子の行方《ゆくえ》だろう。本当にどこかに行ってしまったのか。案外、ホテル内に留まっていたりしないだろうか。そうあってほしいと願いながら瞬は、一刻も早くホテルに到着すべく運転を続けた。

ホテルの地下駐車場に車を停めると、徳永は即、フロントに向かった。

「あ、徳永さん」

既に小池は到着しており、フロント前のロビーで徳永が来るのを待っていたようだった。

「こちらへ」

声を潜め、徳永をエレベーターへと導く。

「部屋はもぬけの殻《から》です。しかし荷物は全部残してありました。財布までです」

ちょうど人気《ひとけ》がなかったこともあり、小池が小声のまま、徳永に報告を始めた。

「防犯カメラの映像は？」

徳永の眉間《みけん》の皺《しわ》が深まる。財布まで持たずに出掛けるわけがない、と瞬もまた心配が募《つの》っていた。

「今、チェックしています」

ここでエレベーターの扉が開いたので、無人の箱に三人して乗り込む。

「護衛は？」

「部屋の前に立つと目立つため、駐車場とロビーに一名ずつ待機していました。二人とも彼女の姿は見ていません」

「怪しい動きもまったくなかったということだな？」

「はい。拉致され連れ去られた様子もないとのことです」

会話をしているうちにエレベーターが止まり扉が開く。

「こちらです」

部屋は一番奥まったところにあった。小池が持っていたカードキーをかざし、中に入る。

部屋に入る前に、徳永はちらと周囲を見回した。つられて瞬も視線を巡らせ、非常扉に気づく。

「出られるのか？」

「施錠《せじょう》されていると聞いてます」

「あの扉は？」

　非常口以外にも、客室のものではない扉があった。目で示す徳永に小池が、

「従業員用のエレベーターに通じる扉です」

と答えたあと、考え込む素振りとなる。

「そうか……そのエレベーターを使えば、フロントやロビーを通らず外に行けるか」

　思いついた声を上げた小池に対し、徳永が口を開く。

「このフロアの廊下の防犯カメラの映像を早急にチェックする必要があるな」

　徳永の指摘に小池は「そうですね」と頷くも、首を傾《かし》げている。

「彼女がこっそり抜け出したとしたら、財布くらいは持っていきそうですよね。しかし拉致されたとしたら誰に……鹿沼組は組事務所が爆破され、ほぼ壊滅状態となると、違う団体ですかね」

「そもそも鹿沼組が襲撃されたタイミングが今というのも気になる」

二人は話しながらドアを開き、室内に足を踏みいれる。彼らに続いて部屋に入った瞬は、室内を見渡したが、揉《も》み合った形跡などは発見できなかった。とはいえ、きちんと片づいているという感じではなく、つい先程まで人がいた気配はする。

徳永はポケットから手袋を取り出すと、ベッドの上に置いてあった朋子のものと思われるバッグを手に取り開けていた。瞬もまた、徳永に借りたままになっていた手袋をはめつつ、徳永の手の中にある彼女のバッグの中を見る。

「手帳がないいな。スマートフォンもない」

「持ち去られたのでしょうか」

書き物机の上にもない。やはり彼女は拉致され、それらは持ち去られたのだろうか。徳永と共に瞬も何かしらの痕跡を求め室内を捜し始めた。

「金庫に鍵《かぎ》がかかってます。フロントに開けるよう要請しますね」

クロゼットの中に金庫があることに注目した小池が徳永にそう言い、部屋を出ていく。小池が戻ってくるまでの間、瞬と徳永は室内の捜索を続けたが、これという発見はなかった。やがて小池がホテルの人間と戻ってきた。新しい情報を携《たずさ》えてきた彼が徳永にそれを報告する。

「徳永さん、防犯カメラの映像で、このフロアにホテルの清掃が入った形跡がありました。

が、ホテル側ではその時間は入っていないというんです」

「偽の清掃係だったということか」

「はい。映像に映っていた清掃係は、洗濯物《せんたくもの》を入れるボックスをワゴンに載せていました。人一人が入る大きさです」

「となるとやはり、連れ去られたんでしょうか」

朋子が誰かの手を借りて部屋を抜け出すということはまず、考えられない。彼女は警察に保護されていただけで、自分が帰りたいといえば留め置く理由はなかった。大手を振ってホテルを出られる立場にいる彼女が、そんな小細工《こざいく》をする必要はない。

しかし誰かに拉致され、連れ去られたのだとしたらその理由はなんなのか。わけがわからない、と瞬は徳永を見た。徳永もまた首を傾げている。

と、小池と共に部屋にやってきたホテルの従業員が、皆に声をかけてきた。

「あの、金庫が開きました」

「ありがとうございます。お手数おかけしました」

徳永が礼を言い、鍵を開けられた金庫を開く。中には手帳とスマートフォンが入っていて、持ち去られたわけではなかったのかと瞬は思わず息を漏《も》らした。

電源を入れたところ、スマートフォンはロックされていたので中を見ることはできなかったが、手帳はいわゆるシステム手帳で、施錠もされていなかったので開くことができた。前のほうはカレンダー形式のスケジュール帳だが、その後ろには取材のメモがびっしり書かれているページが続いているようだった。

「まずはその偽の清掃員を捜す必要があるな」

「手配しています。駐車場にも監視カメラがあるのと、業者の車に関しては、出入りの際にナンバーをチェックしているというので」

「わかった。我々はこの手帳から彼女の取材先を特定する」

徳永はそう言うと、瞬を振り返った。

「行くぞ」

「はい」

目的地は告げられなかったが、あたりはつく。瞬は頷《うなず》くと徳永に続いて部屋を出て、地下の駐車場へと向かった。

車で向かった先は瞬の予想どおり、新宿二丁目のミトモの店だった。事前に電話を入れていたこともあり、日中は閉まっているはずの店は開いていて、店内にはミトモ以外に藤原も顔を揃えていた。

「一体何が起きているのかしら。びっくりよ」

ミトモが溜め息交じりにそう言い、肩を竦《すく》める。

「鹿沼組爆破はどこの組織によるものか、わかりましたか？」

勧められたスツールに腰を下ろすと開口一番、徳永が彼に問い掛けた。

「黒龍会《こくりゆうかい》と思われるけど証拠はないわ。ただ、別に対立してたわけじゃないのよね。黒龍会は誰かに依頼されたんじゃないかしら」

「若頭《わかがしら》の才賀も亡くなってますか？」

「ええ。幹部は全員。随分《ずいぶん》乱暴なやり方だけど、理由はさっぱり。珍しいのよ、アタシのアンテナに何もひっかかってこないのは」

「勿論、ミトモさんの調査能力は信頼していますよ」

徳永のフォローを受けミトモが「どうも」と苦笑したあと口を開く。

「にしてもやり方が派手よ。そいつらが小柳朋子を連れ去ったのだとしたら、一刻も早く救い出す必要があるわよね」

「彼女が調査していたことを、あちこちで聞いて回ったけれど、特に危ない取材はしていないようでした。取材方法についてはともかく、彼女が扱うのは警察の不正が主で、いわゆる『お堅い』記事が多かったので」

ミトモに続き、口を開いた藤原に、徳永が確認を取る。

「黒龍会に関する調査もしていなかったんですよね？」

「はい。彼女が才賀のオンナだという噂《うわさ》は闇社会で周知されていたから、逆に余所《よそ》の組に関する取材もしにくかったんじゃないかと」

「警察の不正が今回の原因ってことはあるでしょうか。それはちょっと……」

警察組織に身を置いているだけに、そんなことはあってほしくないと願うし、あってはならないとも思う。その思いがつい、瞬の口から零《こぼ》れてしまったのだが、徳永はちらと瞬を見たあと、ぽんと肩を叩いただけで何を言うこともなかった。

「そういうヤバそうな警察官の噂も聞いたことないわね」

ミトモが瞬の問いを拾ってくれた上で、彼もまた首を傾げる。

「私もです」

徳永も頷いたあと、手にしていた朋子のシステム手帳を藤原に差し出した。

「彼女の手帳です。ホテルの金庫にスマートフォンと共に保管されていました。取材内容について、アドバイスいただけると助かります」

「わかりました。ちょっと見せてもらいますね」

藤原が手帳を捲《めく》り始める。

「この手帳のこと、他には誰が知ってるの？」

ミトモがそんな藤原を横目に見ながら、徳永に問い掛けてきた。

「金庫の鍵を開けてくれたホテルの従業員と、捜査一課の刑事は実物を見ています」

「彼女の滞在場所を知っていたのは警察だけってことよね？　警察内に情報を漏らした人間がいるとは考えられない？」

「あ……っ」

ミトモの指摘に瞬は思わず声を上げた。どうして彼女の居場所がわかったのか。彼女自身が誰かに知らせないかぎり、知られることはないのではと考えていたが、確かに警視庁内にリークした者がいたとなれば話は別である。

呆然《ぼうぜん》としていたのは瞬だけで、徳永にとっては想定内のことだったらしく、頷きながら言葉を発する。

「はい。誰ということまではわかりませんが、私も彼女の宿泊先を漏らした人間が捜査一課内にいることを案じ、手帳のことに関しては小池に……手帳を発見したときに一緒にいた刑事に、口止めはしておきました。ホテル側から漏れるかもしれませんが」

「あっ」

またも瞬が声を上げたのは、ここに来るまでの車の中で、徳永が小池に電話を入れていたことを思い出したからだった。手帳については自分から捜査一課長に報告すると言っていたのは口止めだったのかと今更気づいて愕然《がくぜん》となる。

「身内を疑うのはつらいわよね」

あまり同情しているようには聞こえない口調ではあったが、ミトモはそう言い、肩を竦めてみせたあとに、藤原に問いを発した。

「で？　りゅーもんちゃん、何かわかった？」

「彼女も用心していたのか、人名はすべてイニシャル、団体名はアルファベットで書いてますね」

ページを捲りながら藤原がそう言い、カレンダーのところを開いて皆に示す。

「このところ、Kという人物とよく会っています。メモの内容を見るに、随分と過去の事件を調べているようです。四十年前の殺人事件に関する記載があります」

「四十年前……刑事訴訟法の改正で時効がなくなったのが平成二十二年、二〇一〇年だったわよね。となるとその時点で時効が成立していたんじゃないの？」

今更調べたところで、とミトモが問い掛けるのに、徳永も「そうですよね」と頷き、藤原へと視線を向ける。

「どんな事件です？」

「下町の工場の社長殺しのようです。時効が成立しているとメモにはありますね」

「事件の概要《がいよう》はあとで調べますが、なぜそれを彼女が調べていたのかは気になります」

徳永はそう言うと、朋子が取材相手について明かすのを躊躇《ためら》っていたとミトモと藤原に説明した。

「まさか、その犯人だったとか？」

「あり得ますね。とはいえ、それが今回の件にかかわってくるかとなると、どうでしょう」

藤原が首を傾《かし》げつつ、皆に問う。

「四十年前の殺人事件、時効も成立しているとなると、今更記事になったとしても話題はそう呼ばない気がします」

「そうよね。これが未解決事件として話題になったものならともかく、あの件かしら、と頭に浮かぶものもないわ。四十年前だったらまだ生まれてなかったからかしら」

最後はミトモの冗談だったのに、誰からも突っ込まれないため、本人が突っ込みを入れることとなった。

「ちょっと、何か反応しなさいよね。『いいかげんにしなさい』的なやつ！」

「高円寺さんでもなきゃ、突っ込めませんよ」

「生まれてなかったんだろうなと思いました」

藤原と徳永がそれぞれに言い返すのを聞き、ミトモが二人を睨《にら》む。

「どっちも零点の突っ込みだわ」

「えっ。俺はともかく、徳永さんは優しさしか感じませんでしたけど」

慌てる藤原をミトモが凶悪な目で睨む。

「『優しさ』と感じさせる時点で零点なのよっ」

「あの、話を戻していいですか」

言い合いを始めた藤原とミトモに、徳永が淡々と声をかける。

「……あ、はい」

「もう、りゅーもんちゃんのせいよっ」

二人はバツの悪そうな顔になったが、徳永の要請どおり話題を戻した。

「他に、気になる取材はありませんでしたか？　警察内の情報を得ることができるとなると、政治家という可能性もあるかと」

「政治家か……今までの彼女の書いた記事に政治家絡みのものはなかったと記憶しているけれど、確かに有力な政治家なら、警察に顔が利《き》く人間もいそうだな……」

ちょっと待って、と藤原は手帳を捲り出したが、やがて「うーん」と唸《うな》り顔を上げた。

「それらしい表記はないみたいだ。徳永さんはどう思いました？」

「俺も読んだ限りでは、ピンとくるものがなかったです」

「これ、写真撮ってもいいですか？　詳しく調べてみます」

「アタシもその四十年前の事件とやらを追ってみるわ。あと、黒龍会が誰に依頼されたのかも」

「よろしくお願いします」

徳永が藤原とミトモに頭を下げる。藤原がスマートフォンのカメラで、朋子の手帳を撮影する間に、徳永のスマートフォンに小池から連絡が入った。

『やはり彼女は清掃員を装《よそお》った何者かに連れ去られたようです。駐車場の防犯カメラに、清掃のワゴンを積んだバンが出ていくところが映ってましたが、車は盗難車で、ホテル近くで既に発見されています』

「計画的な誘拐《ゆうかい》だったわけだな。彼女がホテルに滞在していることを知っている人間はどのくらいいたんだ？」

徳永の問いに小池は一瞬言葉に詰まったあと、答え始めた。

『……課長の指示で、今、情報を漏《も》らした人間を特定しようとしているところです。今のところ見つかってはいませんが……』

「わかった。進展があり次第、連絡をもらえるか？」

徳永はそう言い、電話を切る。

「にしても、彼女が殺されなかったのは不思議といえば不思議よね」

電話を終えた徳永に、ミトモが話しかけてきた。内容が内容だけにぎょっとした瞬をちらと見たあと、ミトモが言葉を続ける。

「ホテルの部屋に押し入ることができたってことは、その場で命を奪うことも可能だったってことでしょう？　でも殺してない。鹿沼組の連中は大勢殺したというのに」

「確かに。殺害ではなく拉致《らち》した理由は気になります」

徳永は淡々と返していたが、心なしか青ざめているように瞬には見えていた。

「ヤクザは社会の悪だから殺すけど、一般人だから連れ去った？　それとも取材内容を聞き出すつもりだったとか？　そもそも、鹿沼組を攻撃した人間と彼女を拉致した人間が同じとも限らないのよね……」

それきりミトモは考え込み、店内には暫《しば》し沈黙の時間が流れた。

「すみません、お待たせしました」

写し終えました、と藤原が朋子の手帳を返してきたのを機に、徳永と瞬は彼と共にミトモの店を辞すことにした。

「色々申し訳ないです」

去り際、徳永がミトモに謝礼を渡す。

「お仕事ですもの。気にしないで」

ミトモはにっこり笑って受け取ると、それを見ていた瞬をじろ、と睨んで寄越した。

「子供が真似《まね》するんじゃないわよ」

「はい。本当に申し訳ありませんでした」

徳永の危機だからとつい頼ってしまったが、本来ならその立場になかったことを、瞬は充分思い知っていた。深く頭を下げ、謝罪した瞬のその頭を、徳永がぽんと叩く。

「俺からも詫《わ》びます。ご迷惑をおかけしました」

「迷惑なんか一ミリもかかってないから。取り敢《あ》えず、彼女の行方《ゆくえ》と拉致した人間についての調査にかかるわ」

それじゃあね、と明るく笑うミトモに送られ、徳永と瞬、それに藤原は店を出た。

「それじゃあ、何かわかり次第、すぐ連絡しますんで」

藤原とも別れ、車を停めたコインパーキングに瞬は徳永と向かっていた。

「これからどうします?」

朋子の行方を捜したい。が、何も手がかりがない。どこを捜せばいいのかと瞬が徳永を見やると、徳永は少し考えたあとに口を開いた。

「もう一度、彼女の部屋に行ってみよう。何か手がかりがあるかもしれない」

「わかりました！」

あれだけ荒らされていたので、手がかりがあったとしても持ち去られている可能性は高い。しかしできることからするしかない、と瞬も頷《うなず》き、視線を徳永から前へと向けたそのとき、あまりに見覚えのある男が二人の前に唐突《とうとつ》に姿を現したものだから、驚きのあまり声を失ってしまったのだった。

「やあ、どうも。久し振り」

「……っ」

徳永もまた、突然の男の出現に、珍しく動揺《どうよう》している。

にこやかに二人にそう声をかけてきたのは、かつて二人がかかわったことのある犯罪者にして、瞬と同じ能力を持つ男——人の顔なら決して忘れないという特技を持つ詐欺師《さぎし》の藤岡大也《ふじおかだいや》、その人だった。

8

「な……っ」

なぜ、藤岡が自分たちの前に姿を現したのか。唐突な彼の出現に瞬は声を失った。

藤岡は詐欺の常習犯で、長らく指名手配されている男だった。百八十センチを超す長身に、モデルか俳優のように整った顔立ちをしている彼は、市井《しせい》でも相当目立つはずなのだが、決して『捕まらない男』であり、警察は何度も彼を取り逃がしていた。

実は藤岡も瞬と同じく、一度でも見た人の顔は忘れないという特技の持ち主であり、警察官と認識している人物を周囲に発見したと同時に逃走するため、今まで逮捕を免れてきたのだった。

そんな彼が詐欺を働いていた相手を殺害した容疑がかけられるという事件が起こったのだが、その容疑を晴らし真犯人の逮捕へと導いたのが、徳永と瞬の特殊能力係だった。藤岡は真犯人に刺され、大怪我《おおけが》を負ったため警察病院に入院し、その後詐欺の取り調べを受けることになっていたのだが、病院から逃走して姿をくらませていた。

その彼がなぜ、白昼堂々現れたのか。驚きから立ち尽くしていた瞬の横では、彼より早くに我に返ったらしい徳永が厳しい声を発していた。

「一体なんのつもりだ。藤岡大也。自首でもする気か？」

「まさか。ああ、怒らないでくださいよ。ちょっと話がしたいんですが、どこかいい場所、ありませんかね」

徳永の眼差《まなざ》しは鋭かったが、藤岡は少しも臆することなくにこにこと笑っている。凄《すご》い心臓だと感心しかけていた瞬は、そんな場合ではなかったとすぐ、自分を取り戻した。

「自首をしたいというのなら警視庁に行こう」

徳永は相変わらず厳しい目を向けたまま、藤岡に向かい一歩を踏み出す。

「おっと、大変なときなので機嫌が悪いことは重々承知してますが、コッチは徳永さんたちがほしがっている情報を届けにきたんだ。そう邪険にしないでほしいよ」

「何を言っている」

実際、徳永の機嫌は悪かった。拉致され連れ去られた朋子の身を案じ、一刻も早く見つけ出そうとしているところなので、藤岡の軽口になど構っていられないという気持ちは、瞬にもよくわかった。

　まさかとは思うが、それを見越して姿を現したわけではあるまいなと、瞬もまた藤岡を睨《にら》んでしまった。と、藤岡の視線が瞬へと移り、親しげに話しかけられる。

「麻生君。久し振り。写真週刊誌に載るなら徳永さんじゃなく、君のほうだと思っていたんだよ。何せ『忘れない男』だから。前に新宿二丁目で声をかけようとしたんだけど、気づいてた?」

「え?　あ!」

　藤岡に揶揄《からか》い口調でそう言われた瞬は、そういえば以前、ミトモの店からの帰り道に人の視線を感じたことがあったと思い出し、思わず声を上げてしまった。藤岡がそれを見てニッと笑いかけてくる。

「終電を逃しちゃ可哀想《かわいそう》だと思って、あのときは声をかけずにすませたんだよね」

「麻生、かまわず行くぞ」

　徳永が苛立《いらだ》った声を上げ、藤岡を無視して歩き出そうとする。本来であれば指名手配犯を捨て置くことなど、徳永にできるはずもないのだが、相手にしている時間が惜しいのだろう。

　それがわかるだけに瞬は徳永に従い、共に歩き出そうとしたのだが、藤岡は尚もそんな二人の前に立ちはだかり、笑顔で話しかけてきた。

「話だけでも聞いてくれよ。小柳朋子についてのネタを持ってるんだ」

「……っ」

藤岡の口から朋子の名が出るとは思っていなかったため、瞬は思い切り反応してしまった。徳永も足を止めたが、彼は瞬のように動揺することなく、相変わらず厳しい目で藤岡を見据え口を開く。

「その名をどこで聞いた」

「彼女の身の安全を心配している。姿が見えないのは警察が保護しているからかい？」

「……っ」

またも瞬は息を呑《の》んでしまった。それを横目で見て、藤岡がやはり、というように笑う。しまった、はったりをかまされたのかと気づき、瞬も藤岡を睨みつけたが、藤岡にとっては二人の――特に瞬の睨みなど、少しも堪《こた》えぬもののようだった。

「鹿沼組襲撃を聞いて、彼女の身が心配になったんだよ。警察が保護しているのならいいけど、君たちの様子を見るともしや彼女、行方不明になっているんじゃないかと、それが心配でね」

「なぜ、彼女のことを知っている？」

徳永が低い声で問う。

「その話がしたいから、場所を移さないか？　そうだな、徳永さんのマンションなんてどう？　ここからそう遠くないでしょ？　麻生君の家でもいいよ。高円寺のほうだっけ」

「……っ」

なぜ自分の家の場所まで知っているんだと、瞬はまたも息を呑み、自分の表情が藤岡に対し、彼の発言を肯定してしまったと悟って、しまった、と唇を噛《か》んだ。

「警視庁に行ってもいいんだけど、それで逮捕しないとなると、徳永さんや麻生君の立場がなくなるだろう？　自宅なら他の刑事の目も届かないだろうし。どうだろう？」

どうだろうと言われても、と瞬は徳永を見やった。徳永は少しの間、藤岡を睨み付けていたが、やがて目を伏せ小さく息を吐き出すと、「わかった」と頷き、今までより更に厳しい目で藤岡を睨んだ。

「何を企《たくら》んでいるか知らないが、情報は欲しい。来るといい」

「話がわかる。そうこなくっちゃ」

藤岡が爽《さわ》やかに笑ったあと、瞬へと視線を向ける。

「君の上司が柔軟な思考の持ち主で助かった。これで彼女の危機を見捨てたという、いらない罪悪感を抱かずにすむよ」

「喋《しゃべ》ってないで行くぞ」

藤岡の言葉を徳永が遮《さえぎ》り、歩き始める。

「悪かった。そうなんだよ。急いだほうがいい」

藤岡の口調には相変わらず揶揄《やゆ》がある。が、悪意はないような気がする。そう思いながら瞬もまた足を速め、車を停めたパーキングへと向かったのだった。

運転席には瞬が乗り込み、徳永は後部シートに藤岡と並んで座った。

「出してくれ。適当に流していればいい」

徳永は瞬にそう声をかけたあと、藤岡を睨《ね》め付け、口を開いた。

「ここで話を聞こう」

「なんだ、車で来てたのか。早く言ってほしかったな」

藤岡は苦笑したが、徳永が無言のまま睨むとすぐ、喋り始めた。

「まず、小柳朋子は無事なのか？　もしや警察も彼女を捜しているんじゃないか？」

「どうしてそう思う？　お前は彼女とどういう関係なんだ？」

問いには答えず、徳永が逆に質問する。

「関係は、一言で言えば『ない』。俺が一方的に知っているだけだ。知っているというか見守ってきたというか」

「どういうことか、わかるように説明してもらいたい」

相変わらず徳永の声は厳しく、一方、藤岡は実にひょうひょうとしている。一体藤岡はなぜ現れたのか。一方的に朋子のことを知っているというのはどういう状況なのか。運転に集中しながらも瞬は、後部シートの二人の話に耳をそばだてていた。

「実は彼女が今、取材を試みているある人物と、昔ちょっと縁があってね。若いお嬢さんがあんな大物を相手にするとは勇気があるなと感心し、動向を追っていたんだよ。そしたら彼女が徳永さんのことを記事にしたから、偶然に驚いてね。ちょうどいい、徳永さんを頼ろうと思ったんだ」

「わかるように説明してほしいと言ったはずだが」

徳永の声に怒気がこもる。

「先入観なく聞いてほしかったんだよ。『ある人物』について先に説明すると、それだけで信じてもらえなくなると思ってね」

藤岡の発言は、はぐらかそうとしているとしか思えなかった。彼の目的はなんなのか。まさか揶揄いに来ただけというわけではあるまいなと、訝《いぶか》りながら、ちらちらとバックミラーを見守っていた瞬の耳に、徳永の低い声が響く。

「誰なんだ？　『ある人物』とは」

「沖縄で今、『聖人』って呼ばれている男のことは知ってる？　サトウキビ農園で一使用人として働いていた男が一代で財を成し、大金持ちになった。そのお金を恵まれない人たちにさまざまな手法で還元している。沖縄では知らない人間がまずいないという老人だ。名前は仲村聖《なかむらせい》。『聖人』の『聖』、聖書の『聖』と書いてセイと読む。それで『聖人』と呼ばれているんだ。本土までは噂《うわさ》はたいして届いていないが、沖縄では超がつくほどの有名人だ。生きている内に銅像が建つんじゃないかと言われている」

実際、瞬も仲村聖という名前に聞き覚えはなかった。徳永はどうなのだろうとバックミラー越しに表情を窺《うかが》おうとしたそのとき、徳永が口を開く。

「その『聖人』について、彼女は何を調べていたんだ？」

徳永が仲村を知っているか否《いな》かはわからなかった。が、彼の声に微《かす》かな緊張が滲《にじ》んでいることはわかる。何が彼を緊張させているのか、恥ずかしながらまったく思い当たるものがないと首を傾《かし》げていた瞬の耳に、藤岡の声が響いてきた。

「仲村聖は、もともと沖縄出身じゃないんだ。若い頃、本土から渡ってきて、さとうきび農園に住み込みとして雇われた。四十年ほど前は彼は東京の下町の町工場で働いていた。そのことを彼女は突き止めたんだ」

「……っ」

もしかして。いや、そんな。

四十年前、東京下町の町工場——朋子の手帳には、そこであった事件について、調べていた形跡があった。

ということは——。

息を呑んでしまいそうになり、慌てて堪《こら》える。それができたのは、徳永が藤岡に問いを発したからだった。

「四十年前、その男が東京の町工場で働いていたことにどんな問題があると？」

徳永が藤岡の口から語らせようとしているのに、自分が動揺《どうよう》を態度に出してはならない。運転に集中しているふりをしながら、瞬は密かに耳をそばだてた。

「もう調べはついているんだろう？　まあ、いいけど」

さすがといおうか、藤岡は徳永の意図を察したようだった。口を歪めるようにして笑いはしたが、そのまま徳永の望みどおり、言葉を続ける。

「殺人だよ。仲村は四十年前、その町工場の社長を殺し、金を奪って逃走した。全国に指名手配されたが逃げ延び、時効が成立した。沖縄に渡っていたんだね」

やはり。また溜め息を漏《も》らしそうになり、唇を引き結んだ瞬は、徳永はどういう反応を見せるのかと再度バックミラーを見やる。

「仲村聖という人物について、詳しい話を聞きたい。政治的な力はあるのか？」

徳永の表情はまったく変わらなかった。ポーカーフェイスのまま、淡々とした口調で藤岡に質問を始めている。

「沖縄の利権を握っているともいえるからな。大物政治家にも顔は利《き》くんじゃないかと思うよ」

一方藤岡もまた、今迄《いままで》のひょうひょうとした態度のまま、徳永の問いに淀《よど》みなく答えていた。

「仲村聖が過去、殺人犯だったという話は、メディアで話題になったことはないのか？　全国的にも、沖縄県内でも」

「ないはずだよ。俺の知るかぎり噂にもなっていない。なにせ『聖人』だからね。トラックに轢《ひ》かれそうになった子供を身を挺《てい》して守ったという話もある。困った人を捨て置けないと、失業者にメシを食わせたり仕事を紹介したり。ああ、あとは台風で家を失った人のために無償で仮設住宅を建ててあげたり。環境汚染が進む海岸を私費で綺麗《きれい》にしたと話題にもなった。やっていることが本当に『聖人』なんだよ」

「……なるほど。彼を守ろうとする人間も多い可能性もあると。そういうことか」

頷《うなず》く徳永に対し、藤岡は「そこはどうかな」と首を傾げる。

「彼が過去、殺人を犯したということは、誰も知らないいんじゃないかと思う。いかにも温厚そうな老人だよ。国政に出ないかと何度も誘われているのを断っているとも聞いた。沖縄の人々を助けたい、若い頃助けてもらった恩を返したい、それだけが望みと言って、表立っては政治活動もやっていない」

「ならなぜ、彼女は仲村の過去の犯罪に気づいたんだ？　彼女の思い込みという可能性はないのか？」

それは自分も聞きたかった。ごくりと唾《つば》を飲み込み、藤岡からの答えを瞬は待った。

「そこは俺も把握《はあく》していない。最初からではなく、何か他の件の取材時に偶然気づいたのではないかと推察しているよ」

「そもそもお前の思い込みということはないのか？」

徳永の問いに藤岡が噴き出す。何を笑っているんだと、ぎょっとした瞬は思わずミラー越しに藤岡を見てしまった。

「誰に向かってそんなことを言ってるんだか。俺が人の顔を見間違えるわけないだろう。嘘だと思うなら、麻生君にも仲村聖と四十年前の殺人犯の写真を見比べてもらうといい。間違いないと断言するだろうよ」

「……！」

藤岡も一度でも見た人の顔は忘れない。いかに加齢による変化があろうが、整形をしていようが、もし彼が写真ででも四十年前の犯人の顔を見ていたとしたら、見抜くことができただろう。同じ能力を持つがゆえに、瞬はそう確信することができた。

しかしそれを徳永に納得させるのは難しいかもしれないとも考えたのだが、杞憂《きゆう》に終わった。

「なぜ、犯人の顔を知っていた？　四十年前の事件だぞ」

藤岡の能力を認めた上で、問いを発している。確かに、四十年前の事件の犯人の写真を見る機会はそうないような、と、そこを疑うことを忘れていた瞬は、己の考えの浅さを恥じつつ、彼の答えを待った。

「偶然だよ。前にカモにした女が、その事件で殺された社長の姪《めい》だった。彼女の父親が社長の弟でね。酒の肴《さかな》に、彼女の家で父親が事件の記事をスクラップしてまとめていたのを、見せてもらったことがあったんだ。随分《ずいぶん》と若い頃の話だけどね」

藤岡の説明が信じられないのか、徳永は難しい顔をしていた。

「仲村聖とお前とのかかわりは？」

納得できていない様子ではあったが、問いを重ねる徳永に、藤岡は笑顔のまま答え続ける。

「五年くらい前だったかな。沖縄に大金持ちの『聖人』がいると聞いて、恩恵にあずかろ

う と沖縄に渡ったんだ。要はカモにしようと思って近づいた。彼、写真嫌いで有名でね。メディアには一切、顔写真があがってなくて、沖縄で初めて彼の顔を見ることになったんだが、そこで殺人犯だと気づいたんだよ。で、詐欺《さぎ》をしかけるより実入りがありそうだと、ちょっと脅《おど》しをかけたら逆に命を狙われて。金を巻き上げるどころか命からがら、這々《ほうほう》の体《てい》で沖縄を逃げ出したというオチがついたというね」

まいったよ、と頭を掻《か》いている藤岡に、嘘をついている様子はない。瞬はそう思いながら彼の話を聞いていた。

「それで沖縄は俺にとって鬼門《きもん》になったわけだけど、最近あの『聖人』について調べている若い女性ルポライターがいるとわかって気にかけていたんだ。その彼女が徳永さんとワケアリとわかり、それでこうして声をかけたというわけだ。姿を消した彼女の身が心配になってね」

「………」

徳永の次なる問いはなかった。藤岡の意図を探るように彼の顔を見つめている。視線を受け、藤岡はふっと笑って肩を竦《すく》めてみせた。

「言葉どおりで、他意はないよ。彼女を心配しているだけだ」

「彼女とのかかわりもないのに？」

徳永の目が厳しくなる。

「みすみす危険が迫っているのを見過ごすことができなくてね。自分が殺されかかっただけに」

またも肩を竦めた藤岡が「ただ」と言葉を足す。

「俺は脅迫《きょうはく》したから殺されかかったけど、彼女のことは説得にかかるかもしれない。仲村が評判どおりの『聖人』なのは間違いないんだ。自分に直接害を為そうとする人間以外を手にかけることはしないいんじゃないかと見込んでいるが……」

断言はできないけれども、と続けた藤岡を、尚も徳永は見つめていた。藤岡もまた徳永を真っ直ぐに見返す。

「彼女は沖縄にいると思う。それを知らせたかった」

そこまで言うと藤岡は、手を伸ばして瞬の座る運転席のシートの背を摑《つか》んだ。

「次の交差点で停めてくれるかい？　話したいことは全部話したから」

「……徳永さん」

その言葉に従っていいのかがわからず、瞬は上司に指示を仰《あお》いだ。

「鹿沼組襲撃もその仲村がかかわっているのか？」

徳永が藤岡に新たな問いを発する。

「おそらく。ただ、仲村が直接、爆破しろと命じたかどうかはわからない。どちらかというと周囲の人間が気を遣ったんじゃないかとは思う」

「警視庁内にも仲村の味方がいるということか？」

「その『味方』も本人のものかはわからないよ。仲村が過去殺人を犯したことまでは知らなくても、彼が気に病んでいることがある、その原因がルポライターの若い女だと知った周囲の人間が気を回した可能性が高いんじゃないかと俺は見ている。沖縄の『聖人』を味方につけたい政治家は多いだろうから。ほら、基地問題もあるしさ」

藤岡の答えを聞き、徳永は少し考えていた。次の信号が赤となり、瞬は車を停めざるを得なくなった。

「それじゃあまた」

「あの……っ」

藤岡は二人に笑顔を向けると、声をかけようとした瞬を無視し、さっさと車を降りてしまった。

「いいんですか？」

このまま彼を見逃すことに関して、瞬は振り返り、徳永に確認を取る。

「……よくはないが」

徳永が顔を顰《しか》め、ぼそりと呟《つぶや》いたところで信号が変わり、車を走らせるしかなくなる。

「警視庁に戻る。課長に報告後、沖縄に向かうことにする」

徳永の声音《こわね》は非常に冷静だった。口調も淡々としている。しかしそこには彼の、なんとしてでも朋子の身の安全を守りたいという決意が漲《みなぎ》っている。

藤岡の話は、一〇〇%、信頼できるものなのか。徳永はどうやら信用しているようである。そうでなければ、なんの裏付けもとらずに沖縄行きを決めるわけがない。

「休暇という形を取ることになる。行くまでの間に四十年前の事件と『仲村聖』について、調べられるだけのことは調べることとしよう」

後部シートから聞こえる徳永の声に瞬は、

「わかりました！」

と返事をし、ハンドルを握る手に力を込めた。

一刻も早く姿を消した小柳朋子の行方《ゆくえ》を突き止め、保護する。命の危険が迫っていないといいと今は願うことしかできないのがもどかしい。

「沖縄には行ったことがあるか？」

徳永に問われ、瞬はいつしか噛《か》み締めていた唇を解き、答えを返した。

「大学のときに一度……ただ、ちょうど台風が来たときだったので、ほぼホテルの中にいて、観光もしていないんですが」

空港から送迎バスでホテルに行ったあとは雨風が強まり、ビーチに出ることもできずに二日間ホテル内で過ごしただけとなった。それゆえ土地勘も皆無なのだが、徳永はどうだろうと問い掛けてみる。

「徳永さんは？」

「俺も随分前に、旅行で行ったことがある程度だ」

「そうですか……」

今回徳永は、休暇を取得し沖縄に向かうと言っていた。確かに、指名手配中の詐欺師が情報源であることは明かせないし、明かしたところで出張の許可は下りないだろう。

沖縄県警の協力を仰ぐことはできるのだろうか。それもできないとなると、右も左もわからない沖縄では、動きようがないのでは。

と、そのとき、瞬の頭にある人物の顔が浮かんだ。

「あ」

何を思いついたか、瞬が口にするより前に、徳永がその名を告げる。

「そうだな。沖縄には大原《おおはら》がいる。まずは彼のもとを訪ねて、仲村聖のことを聞いてみることにしよう」

「はい……！」

ほんの短い期間ではあったが、特殊能力係で共に見当たり捜査を行っていた頼もしい彼の顔を思い浮かべる瞬の顔には、自然と笑みが浮かんでいた。

頼りがいがありそうだし、何より久々に顔を合わせることができるのが嬉しかったからだが、すぐ、浮かれている場合ではないと気を引き締め直し、バックミラー越しに徳永を見やる。

言葉にせずともやはり徳永には瞬の考えていることはすべてお見通しのようで、ミラー越しに目が合った彼は、それでいいというように瞬に向かって唇を引き結ぶようにして微笑《ほほえ》み、小さく頷《うなず》いてみせたのだった。

集英社オレンジ文庫をお買い上げいただき、ありがとうございます。
ご意見・ご感想をお待ちしております。

● あて先
〒101-8050　東京都千代田区一ツ橋2-5-10
集英社オレンジ文庫編集部 気付
愁堂れな先生

憎まれない男
～警視庁特殊能力係～

集英社
オレンジ文庫

2022年9月21日　第1刷発行

著　者　愁堂れな
発行者　北畠輝幸
発行所　株式会社集英社
〒101-8050東京都千代田区一ツ橋2-5-10
電話【編集部】03-3230-6352
【読者係】03-3230-6080
【販売部】03-3230-6393（書店専用）
印刷所　凸版印刷株式会社

ISBN 978-4-08-680464-6 C0193

集英社オレンジ文庫

希多美咲

龍貴国宝伝 2

鳳凰は迷楼の蝶をいざなう

旅に出た硝飛と林迅は、大地震に
見舞われた墨東国を訪れる。
失踪事件が相次ぎ、不可解な復興作業が
行われる地で、二人を引き離す事件が…!?

――――〈龍貴国宝伝〉シリーズ既刊・好評発売中――――

【電子書籍版も配信中　詳しくはこちら→http://ebooks.shueisha.co.jp/orange/】

龍貴国宝伝　蝶は宮廷に舞いおりる

集英社オレンジ文庫

ゆきた志旗

ミッドナイト・モクテル

飲まないあなたのためのバー

下戸なのに名前のせいで酒販営業に
配属されてしまった酒匂《さこう》ミチル。
お酒に馴染めず孤独と疲労が蓄積する
ある日、極端に注文が少ない
取引先の存在に気づいて…。

集英社オレンジ文庫

仲村つばき

月冠の使者
転生者、革命家と出逢う

女神の怒りを買い『壁』で分断された
二つの国。稀に現れる不思議な力を
持つ者の中で、圧倒的な力の者は使者と
呼ばれていた。使者不在の国で二人の
青年が出会うとき、世界の変革が始まる!

集英社オレンジ文庫

日高砂羽

やとわれ寵姫の後宮料理録

食堂で厨師として働く千花が後宮入り!?
常連客で女嫌いの貧乏皇族・玄覇が、
何の因果か皇帝に即位することになり、
女除けに千花を後宮に
置きたいというのだ。莫大な報酬につられ、
期間限定で寵姫となった千花だが…?